A cidade submersa

e outras histórias sortidas

Olavo Romano

A cidade submersa

e outras histórias sortidas

CARAVANA

Belo Horizonte • 2022

Coordenação editorial: Leonardo Costaneto
Revisão: Pedro Vianna
Imagem da capa: sem título, acrílica sobre papel, Leonardo Costaneto, 2022.
Capa e editoração eletrônica: Poliana Guimarães

www.caravanagrupoeditorial.com.br
caravanagrupoeditorial@gmail.com
Fone: 55 31 973066624
www.facebook.com/caravanagrupoeditorial
@caravanagrupoeditorial

Catalogação na Publicação (CIP)

Romano, Olavo, 1938-
R759c A cidade submersa e outras histórias sortidas / Olavo Romano. – Belo Horizonte : Caravana, 2022.
127 p.

ISBN 978-65-5061-185-9

1. Contos brasileiros I. Título

CDD: B869.35

Bibliotecária responsável: Cleide A. Fernandes CRB6/2334

Para Kátia, companheira de vida e sonho.

Agradeço ao amigo Carlos Alberto Teixeira,
presidente da revista Mercado Comum,
pela acolhida a meus escritos.

Sumário

Prefácio

Ao receber o convite, honroso, para escrever o prefácio do novo livro de Olavo Romano e sabendo de seu título *A cidade submersa e outras histórias sortidas*, imediatamente minha memória se viu açulada pelo sentido do gosto, do gosto da menina antiga que se deliciava com drops. Os primeiros, redondinhos, chupados nas sessões de cinema do Metrópole, Guarani, Acaiaca, Tupi ou Jacques e até do Candelária, mais embaixo... O Palladium, chiquérrimo, só veio depois, quase junto com os drops, já então quadradinhos, embrulhadinhos um a um, os "dulcora" com "a delícia que seu paladar adora"... Por quê? Por que escrita e balas degustadas, vagarosamente, deixando na boca uma miríade de sensações, se encontrariam no afeto dessa leitura? O signo motivador dessa "sinestesia", dessa mistura de prazeres, talvez estivesse na palavra "sortidos": drops mistos e histórias sortidas..., curtidas uma a uma, cada uma com seu sabor, mas todas elas drops, gotas de prazer, que se associariam, ainda, a temas de filmes daquele tempo – *raindrops keep falling on my head* –, gotas de chuva continuam a cair sobre minha cabeça – e, agora, o tato, a sensação de algo que escorre, purifica, refresca e faz voltar o tempo, à *la recherche* de um tempo não perdido, mas renovado...; renovado nestas histórias do Olavo. O inconsciente tem cada uma... Por que, agora, essa última associação a verso de canção de filme antigo, de 1969? E, então, outra volta ao passado para sublinhar o presente: o autor das histórias edulcoradas foi meu professor de inglês, num longínquo e complicado 64, ano que acabou com muita gente... Encontro de afetos: o professor, o autor, o Olavo e suas histórias coletadas, ouvidas numa escuta fina e afinadinha, para delas recolher o tom certo que mistura ingenuidade e malícia; oralidade e escrita; roça e cidade; o provinciano e o cosmopolita; o popular e o erudito, que dialogam, sem nenhuma afetação, no texto de Olavo. Suas histórias não se organizam em eixos de um tempo demarcado – vão do passado à contemporaneidade, assinalados pela encenação de marcas sutis que fazem o leitor se deslocar, num átimo, de um a outro tempo: é o celular que se insinua num causo ("O assalto"); é a alusão a eleições informatizadas em outro ("Os políticos de antigamente") ou é a referência ao Skank, tão caro a nossos ouvidos na atualidade ("O que marca permanece"). E, ainda, pasme-se, garimpa pergunta que, não só nos reaproxima dos anos 90, como, ainda, faz falar a voz das ruas, nesse movimentado e misturado 2016, tão diverso, em sua barafunda de partidos, da política do passado, contexto de algumas histórias que marcam a briga política PSD X UDN. E, então, é curioso ler, em "São Francisco do Rio Abaixo", uma das histórias que contam, com fina ironia, a inundação de cidades modorrentas pela pressa das águas do pretenso progresso: "Em Propriá, perguntaram se FHC ia mesmo vender o rio" e, para firmar compromisso ético com a sustentabilidade, o narrador prossegue: "Na partida, um velho pescador chorava por não haver mais piaba, estudantes exibiam veementes cartazes contra a privatização". O mesmo acontece com os espaços: as histórias deslizam por capitais, cidades do interior de muitas dimensões, grotões e também têm por cenário a alma humana; aliás, este é sempre um lugar nas histórias do Olavo... E por falar em alma, em afeto, vale realçar algumas narrativas que, fazendo-a falar, tocam o leitor em seu âmago. A cereja do bolo de tais narrativas é "Luz que não se apaga", prenhe de um lirismo contido que mistura a sensibilidade do autor com os afetos do narrador e do narrador-personagem: três "eus" numa só pessoa amorosa. Na outra ponta do lirismo, num hibridismo motivador para o leitor, atam-se narrativas cujo humor tempera a leitura e atenua a delicada nostalgia da luz familiar que continua acesa na linguagem de Olavo: trata-se de narrativas como: "Eleições no tempo do onça"; "Era um domingo de férias"; "O pirotécnico", entre outras. Outra mistura importante que faz sortidas as histórias de Olavo Romano é a mistura de narradores que se entreouve na contação de "Luz que...": há um narrador onisciente que começa a narrativa e que, quem sabe, invadido por aquela metafórica luz, escorrega de "a gente" para "um eu" que aí pronuncia: "Quixote inflexível e destemido, meu pai foi contra a ditadura em pleno Estado Novo.". Que contador é esse que parece apropriar-se de história alheia, para, quem sabe, despistar a emoção e acaba curvando-se a ela? É um narrador calculado por um autor calculista? Ou se teria feito forma o ato falho de um eu que não resiste ao inconsciente e, assim, aflora? Vale ainda a pena relembrar certa reversão do assunto que promete uma coisa e cumpre outra, o que dá à narrativa um quê de inesperado, surpreendendo o leitor, como acontece em "A cidade submersa".

A linguagem de Olavo Romano acompanha o sortido de suas histórias, seguindo-lhe o compasso. No texto "Dona Leontina, o Lara e o Leão", sabe como "dona Leontina entra nessa lereia"? Em recurso metalinguístico, o autor e a personagem, consciente ou inconscientemente, não se sabe bem..., fazem de "brevidade", substantivo, a um tempo, abstrato, para dizer de qualidade do que é breve, e concreto, para nomear bolinho farinhento, que também dura só um pouquinho na boca... Eta, sentido do gosto! Tão sortido, a lembrar os drops do começo... Vale a pena conhecer dona Leontina e rir com ela...

Ainda sobre a linguagem destas histórias sortidas. Talvez por misturar erudito e popular, talvez por ecoar leituras de um bom leitor, talvez por serem mesmo sortidas essas "estórias", mas, certamente, devido à escuta apurada do autor ("De tempos em tempos, refaz com os olhos a trajetória do acaso, da diferença entre a sorte e o azar. E descobre, sem sertão nem vereda, que viver pode ser muito perigoso, mesmo na iluminada manhã de domingo."), ecos rosianos também se fazem ouvir no texto de Olavo. Em "Os surdos", escutamos as vozes de um narrador rosiano: "Sendo surdos, viviam os três sempre mergulhados em longos e fundos silêncios, só quebrados em alta voz e reforçados gestos, coisa que exigia muito esforço e paciência. Por isso, preferiam a calmaria de esticadas pausas, nas quais costumavam sorrir com seus botões. No comum, tocavam a vida com esmerada alegria, exibiam boa feição.". E os leitores de Olavo acabam sendo levados ao cenário de "Sarapalha", conto de *Sagarana* em que dois primos, mesmo não sendo os três surdos, mimetizam um espaço entrecortado de pausas e silêncios. Ouçamos outras vozes rosianas nos textos de Olavo: "O tempo regia a rotina, rigorosa e antiga" ("Cão que ladra"); "De envultamento, repentino sumiço, transformado em toco, pedra, bicho de pena ou de couro, ramo balançando na brisa. Ou de qualquer malinesa, conforme ocasião ou necessidade. Mas jurar, de botar a mão no fogo, ah, isso ninguém jurava. O certo é que muita história ficou de Bastião, tanta tenência e raros, roucos dizeres." ("Bastião").

E, para terminar, também com associações que as leituras nos permitem, a palavra Bastião me traz à lembrança um outro "causo" da infância e que passo aqui a relatar, não contar – pois contar exige o "engenho e arte" de Olavo. Faço-o, parodiando nosso contista, em sua estória sortida "As novilhas do doutor". Vamos lá: "Havia ephiguetes na casa do Doutor Ephigenio, como diziam seus genros, caçoando: Bethania, Beatriz, Bernadete, Berenice, Berta e Betsaida". A quarta, a Beroca, minha companheira de infância, quando vinha a Belo Horizonte, foi surpreendida por uma tia que lhe perguntou como se chamaria o neném, que estava para chegar em sua casa. É que o casal – Ephigenio e Maria Helena – esperava o sétimo rebento, e torciam todos por um menino, para completar a ninhada das seis meninas. A tia queria provocar Berenice, para ouvir dela nomes com a inicial "B", tradição na família... E à provocação: "— E se for menino, como se chamará? Bastião?", a que Beroca responde prontamente: "Pai disse que agora é Basta"... "E, então, nasceu o Zé, caçula e único filho homem, que de José só tem o apelido, pois chamase também Ephigenio, e, naqueles idos, estudava para ser médico, como o pai". Embrulhei, também em papel celofane, meu "causo" com a estória de Olavo e, enxertando o tubinho de drops com mais um, embora sem o gosto dos sortidos "dulcora".

Assim se atam histórias... ou estórias.

Márcia Marques de Morais
Belo Horizonte, 7 de dezembro de 2016

A palavra falada no papel: o universo literário de Olavo Romano

Já nem me lembro mais em que circunstância conheci Olavo Romano. Sei que, como jornalista, tive a alegria de entrevistá-lo algumas vezes. Em pouco tempo ficamos amigos, o que não é difícil acontecer. O escritor gosta de gente, anima-se no contato sempre afável com o outro. É agregador. Lembro-me de haver conhecido o Manuelzão por meio dele. E essa é uma lembrança que não se apaga. De uns tempos pra cá, nosso relacionamento estreitou-se ainda mais, por conta do gosto comum pela literatura e pelos projetos culturais, de que Olavo é grande entusiasta. Sua gestão como presidente da mais que centenária Academia Mineira de Letras é prova do que digo. Ele abriu as portas da Casa de Alphonsus de Guimaraens e de Vivaldi Moreira para a comunidade: chamou as crianças, os estudantes e os professores, os empresários e os artistas. E eles vieram atraídos pelo sorriso franco e acolhedor de quem sabe que 'academia' é lugar de encontro e fraternidade.

Longe do intelectual cerebrino, metido em gabinete, afogado em leituras eruditas, Olavo Romano é o escritor misturado no dia a dia da cidade e de sua gente. É assim desde sempre. Foi menino de roça, na Morro do Ferro encantada, povoada por personagens inesquecíveis, imortalizados em sua obra. Continua menino, mantendo o olhar de quem vê as coisas pela primeira vez. Seu interesse pelas pessoas é genuíno, sendo esse, seguramente, um dos fatores que mais distingue o seu trabalho de composição literária de outros que se arriscam pelos mesmos caminhos.

Por muitos anos, Olavo Romano recolheu histórias pelos rincões de Minas Gerais. Resgatou tesouros enterrados, registrou em papel os relatos que não tinham como circular pelo mundo, esquecidos em fazendas distantes ou em remotos arraiais. Fiel ao que ouviu, conseguiu fazer o movimento que exige habilidade e empenho, conquista rara, de que muito poucos são capazes: escreveu a palavra falada. E o fez, sobretudo, pela qualidade fundamental da empatia, aquilo que permite a escuta aberta e atenta, despida de preconceitos e estereótipos, inspirada pelo afeto e pelo respeito integral ao interlocutor.

O benefício do plantio e da colheita de Olavo Romano é sentido imediatamente pelo leitor. De estilo suave, sua escrita flui por águas mansas e doces, quem sabe do Rio São Francisco, por onde o autor também já navegou. Como ocorre nas obras que conseguem a proeza de capturar o fenômeno da oralidade, em vários momentos o leitor é tentado a falar o texto em voz alta, e a partilhá-lo com os parentes e os amigos, absolutamente seduzido pela vivacidade e pela autenticidade alcançadas pelo autor. A perícia na construção dos diálogos, uma das tarefas mais complexas dos criadores literários, é outra fonte de prazer proporcionada pela experiência de ler Olavo Romano. O humor e a leveza são os ingredientes que dão aos pratos por ele servidos o sabor da verdadeira alta cozinha, refinada na sua simplicidade tocante, que alimenta a alma.

Lendo os casos contados por Olavo, muita gente evoca as próprias memórias e reconhece, no percurso de sua vida, situações e personagens semelhantes aos narrados. As origens rurais ainda caracterizam expressivas parcelas da sociedade brasileira, cujo processo de urbanização avançou apenas a partir da terceira década do século vinte.

Quem não tem um antepassado bem próximo nascido ou criado no interior? A identificação entre leitor e obra amplia os seus efeitos, como se as histórias de Olavo Romano integrassem um passado partilhado; como se pertencessem ao repertório familiar de cada um, delicado acervo erguido pela impressionante potência narrativa das gerações anteriores; como se o autor estivesse escrevendo a nossa história...

Se no plano individual a ativação das memórias mobiliza as energias psíquicas, influindo sobre a mentalidade e o comportamento, na dimensão coletiva ela contribui para a formação e a preservação da identidade cultural de determinado grupo. Por isso, não é possível minimizar o manifesto caráter político da literatura de Olavo Romano. Se não faltam, hoje em dia, os empreendimentos destinados a explorar, depredar e saquear territórios, a missão de Olavo, desde que iniciou as suas expedições pelos quatro cantos de Minas Gerais, tem sido o oposto: descobrir, apreciar, compartir e preservar aspectos fundamentais do seu patrimônio imaterial, representados na linguagem e nos costumes do seu povo – o que acabou por conferir ao autor posição emblemática no panorama das letras do estado e do que se conhece delas, no Brasil de hoje.

Próxima do universo rosiano, a que sempre presta reverência e a que se filia, em alguma medida, a literatura de Olavo Romano está igualmente atenta aos mistérios da palavra e ao que ela é capaz de tramar. Molhado pela riqueza dos cinco sentidos, o seu verbo também tem aquele poder hipnótico, que embaralha e ilumina as percepções do leitor, ocultando e revelando, ao mesmo tempo, a história contada. Escrita a partir de 1978, a obra de Romano atualiza os conhecimentos e o imaginário do leitor interessado nas coisas de Minas. Não é, no entanto, o que se chama, apressadamente, de literatura regional. Sintonizado com a universalidade do espírito humano, o escritor de Morro do Ferro consegue – assim como o mestre de Cordisburgo – ultrapassar as montanhas, habilitando-se a falar para os leitores de todo o país.

É o que se pode comprovar, mais uma vez, nesse delicioso *A Cidade Submersa e outras histórias sortidas*. Dele emerge, aos setenta e oito anos, com o brilho no olho e a vitalidade do mais jovem de meus amigos, um autor ainda mais maduro, no pleno domínio de sua arte e das suas técnicas. Generoso, Olavo Romano oferece ao leitor mais uma fascinante galeria de personagens, apresentada na melhor prosa. Será difícil esquecer Bastião, dona Consuelo, Bruce Lee, Isaurinha Tavares, Amália Doida e Tiãozinho. Será impossível não se emocionar, por exemplo, com a linda história de Demosthenes e Waldete, contada em "Luz que não se apaga", título sugestivo, que me estimula a dizer que a do autor também permanecerá, para o bem da literatura que se faz em Minas, sobre os mineiros, para todos.

Rogério Faria Tavares
Academia Mineira de Letras e Pen Clube do Brasil

Cadê meu guarda-chuva?

Todo mundo disse que era uma cirurgia à toa. O médico garantiu que em dois dias – "três, estourando" – Juvenal estaria em casa. Mais umas duas semanas, liberava, inclusive para o trabalho, se ele quisesse.

Nesse ponto, dona Consuelo bateu o pé: ia sumir com o marido pelo menos por uns quinze dias. "Anda tão estressado ultimamente, coitadinho", dizia, dengosa.

A família se entusiasmou. Uns falaram em lua de mel; a filha caçula ofereceu a casa da praia; outros sugeriram um hotel fazenda, verdadeira maravilha... Juvenal ouvia com um distanciamento educado, mas só ia pensar no assunto depois da operação.

A cirurgia correu conforme previsto. Dona Consuelo dispensou a ajuda de parentes e amigos.

— Faço questão de ficar com o velho. É coisa simples, não gasta tomar trabalho.

O médico confirmou a previsão de alta para daí a dois dias, três, no máximo.

— Do jeito que vai, não dando complicação, logo, logo o senhor vai estar em casa.

Mas deu complicação. Uma febre alta exigiu doses maciças de antibióticos. Exame de todo tipo, remédio sem parar, nada da infecção ceder, e o paciente acabou na UTI.

Foi aquele alarme, todo mundo rezando, fazendo promessa, querendo informação. Ninguém entendia como é que aquilo podia ter acontecido.

O pior é que, na UTI, tudo complicava.

— Coitado do meu velho, sofrendo, sozinho naquela friagem. E eu sem poder fazer companhia, pegar na mão dele, fazer um carinho. Se tivesse jeito, ficava no lugar dele. Juro por Deus.

Pasma com a inesperada situação interrompia o monólogo, suspirava fundo e continuava:

— Mesmo não podendo falar, mesmo que nem escute, ele sabe que pode contar comigo, com minhas orações, com minha companhia.

Desde então, dona Consuelo só pensava na hora da visita, aqueles esperados minutinhos que voavam sem ela perceber. Virou um zumbi, andando sem rumo pela casa, só ligando para o hospital. Por fim, a moça da UTI perdeu a paciência, o pessoal da família fingia telefonar, inventava notícia de meia em meia hora, de quinze em quinze minutos.

Muito antes da hora, ela já estava lá. Entrava, olhava o marido prostrado, um monte de tubos e aparelhos, segurava a emoção. Fazia um carinho nele, balbuciava palavras desconexas, espantava-se com o aviso de que o horário havia acabado.

Um dia, houve um corre-corre, chamaram o plantonista, veio o chefe da equipe, todo mundo num silêncio cheio de olhares e gestos. Com aquele controle profissional que eles têm, de um modo educado, mas firme, retiraram dona Consuelo da UTI. Tinham que cuidar de uns procedimentos urgentes, explicaram.

Mais avoada do que andava ultimamente, ela foi saindo. Junto à janela, assustou-se com o céu fechado, nuvens escuras prontas para despejar tempestade. Nem tinha reparado no tempo quando saiu de casa.

De repente, deu falta da sombrinha – ou do guarda-chuva, como falava, apesar da gozação de todos, principalmente do Juvenal. Sem saber se tinha esquecido em casa ou se simplesmente perdera tão importante apoio. Ligou para Antônio Carlos, sobrinho e afilhado.

Preocupado, ele pediu notícia do tio. Mas ela só disse:

— Meu filho, vai chover muito e eu estou sem meu guarda-chuva. Será que você podia me buscar de carro?

Aliviada, ela tomou o elevador e desceu na lanchonete do hospital.

Por alguns momentos, perdeu a consciência das coisas em volta. Afinal, com certa alegria, percebeu que estava com fome. Uma fome que há muito não sentia.

Pegou o prato, serviu-se de salada, caminhou para a balança. A moça observou-a atentamente e disse, cautelosa:

— Agora mesmo a senhora se serviu de salada, pesou, levou para a mesa e nem tocou nele. Não é melhor comer primeiro aquele e, se for o caso, pegar outro depois?

Perplexa, ela olhou o prato que trazia às mãos, sem nada entender. A moça pegou o prato, disse que podia deixar ali mesmo.

— A senhora está precisando de alguma coisa? – perguntou, solícita.

— Eu só estou um pouco perturbada. Vai chover muito e eu perdi meu guarda-chuva. Ou esqueci em casa, não sei – disse dona Consuelo, quase balbuciando.

Comeu a salada, sem vontade, nem percebeu direito o gosto.

Pagou, pegou a bolsa, desceu para esperar o sobrinho.

Ele demorou bastante, o trânsito piorava só de ameaçar chuva. Desceu do carro, fitou a tia, temeroso:

— Aconteceu alguma coisa, madrinha? A senhora está bem?

— Fiquei chateada com essa história do guarda-chuva. E, além do mais, te dando esse trabalho todo. Deus te pague, meu filho.

— Quê que isso, imagina! Sempre que a senhora precisar...

Durante a curta pausa que se seguiu, Antônio Carlos examinou bem a tia, espantado com a postura dela, aquele ar patético, distante, mas ainda controlado.

— E o tio? – perguntou, finalmente.

— Seu tio? Ah, o Juvenal morreu.

Cena domingueira

Céu sem nuvens, tinindo de azul, brisa de maio arrepiando a pele. A praça, coalhada de gente, é uma festa. O menino, ainda de fralda, corre trôpego, a mãe atrás, de alma na boca. A menina mimada, os pais andando ao lado, impõe seu quadriciclo no espaço dos caminhantes. Brinquedos e aparelhos de ginástica não dão para a encomenda. No gramado, jovens praticantes de ioga fazem ássanas para libertar a alma. O grupo dos sarados, atento ao ritmo do personal, sua e resfolega modelando ainda mais o corpo físico. Pais e filhos se aninham noutro espaço. Alheia ao mundo que a rodeia, a jovem acaricia o cachorrinho e abriga no ombro uma calopsita amarela. Pessoas descansam, leem, conversam, namoram, observam. Uma folha de coqueiro cai, com estardalhaço, rente ao homem sentado no banco. Assustado e surpreso, ele olha para cima, imaginando o triz que o protegeu. De tempos em tempos, mira e vê novamente a trajetória do acaso, da diferença entre a sorte e o azar. E descobre, sem sertão nem vereda, que viver pode ser realmente perigoso, mesmo na iluminada manhã de domingo.

Cachorros e seus donos farejam novas amizades. Ó, que bonitinho o seu! Comé que chama? O seu é tão simpático! Que fofo!

Enquanto os bichos se aproximam, ou se estranham, os donos tricoteiam segredos, macetes e confidências de uma confraria quase secreta.

De repente, lá vem o Bruce Lee. Negro, energético, tênis vermelhos, salta e bate a sola dos pés uma na outra, quase parado no ar, feito um beija-flor, olhos e pescoços se virando ante tão bizarra exibição.

O vendedor de picolé, passado dos oitenta, gaba-se de vir do Horto empurrando o carrinho, dezoito quilômetros, três léguas, ida e volta. Criou família, enviuvou, quer voltar para o Rio, onde alardeia ter se casado mais de quinze vezes. Sente falta da prosa carioca, da cerveja depois da peteca na praia. Puxa conversa com todo mundo, conta vantagem. Picolé, que é bom, não vendeu nem um.

Caminhada e exercícios feitos é hora de mais uma olhada vadia, sem pressa nem susto, a caminho de casa, corpo e alma agradecidos.

Então, de repente, balanços, brinquedos e aparelhos perdem graça e função. Todo mundo olha para cima: é a calopsita amarela que resolveu tomar os ares da liberdade. Indiferente aos apelos da moça em cujo ombro estivera o tempo todo, pousa aqui, pousa ali, voa alto, parecendo que vai embora – até encontrar um galho seco, perto da rede elétrica. Imponente, parece saborear aquele momento de glória, tanta gente reparando nela. A moça cansa de chamar, ela finge não ouvir. Imóvel no seu alto galho, espicha tempo e distância.

Vem chegando mais gente, faz-se um burburinho, pequena multidão se aglomera olhando para cima. O rapaz joga um pedaço de pau, que passa longe. A calopsita nem se mexe.

— Ainda bem! – diz a menina. – Já pensou se pega nela, coitadinha!

A dona da ave, com o cachorrinho peludo no ombro, chama, pede, clama. As pessoas gritam, fazem "xô", batem palma. Alguém joga uma garrafa cheia de água – uma vez, duas, três – e nada.

A calopsita voa para um galho mais alto, exigindo nova estratégia. Mas a garrafa continua sendo o único recurso. Agora, além da pontaria, é preciso regular a força. Curiosa e atenta, a calopsita acompanha a trajetória do projétil com um movimento de cabeça.

Entre o medo de que a mocinha fique sem sua ave de estimação e o risco de ferir a calopsita, o lançador de garrafa tenta calibrar pontaria e impulso. Mas ela parece divertir-se com o vai e vem da garrafa, como se nada tivesse a ver com aquilo.

O sol escala o céu azul sem nuvens, fazendo brilhar as folhas das árvores. A brisa da manhã que já se vai balança galhos e flores. A calopsita continua se divertindo com a garrafa d'água, que sobe e desce.

De volta para casa, o caminhante casual recolhe as cenas deste domingo luminoso e faz delas um talismã que o protegerá contra os sustos, medos e perigos.

O sonho

O sítio era pequeno. Argemiro cuidava da lavoura, tirava um leitinho, fazia queijo com a sobra, às vezes vendia uma banda de porco. Os trocados dos ovos, pingando sempre, reforçavam a renda.

O povo da região só pensava em garimpo: desviava leito de rio, revirava a cascalhama, ambição nos olhos, esperança no coração. Ele preferia o sossego da vida, passarinho cantando na paineira barriguda carregada de flor, a cabrita quentando sol, depois de subir e descer a pedrona em frente à casa.

Aí, veio o sonho. Toda noite a voz anunciava: "Sua sorte está na Rua do Catete, 325". E repetia: "Rua do Catete, 325".

Ele nunca tinha saído da redondeza, nem fazia ideia de onde aquilo ficava. Especulando, descobriu que não ere endereço de São Gotardo, Martinho Campos, Dores ou Quartel Geral. Serra da Saudade, nem falar.

Antes que o marido desanimasse, a mulher falou, firme:

— Isso é um recado, pode deixar assim não!

Ele bateu pra cidade. O farmacêutico, homem viajado, assinante de jornal, orelha pregada no rádio, num átimo deu a definição: era rua do Rio de Janeiro, mesmo nome do Palácio do Governo.

Argemiro voltou no galope. A patroa escutou de testa

franzida o relato dele. Aí, decretou, severa:

— Uai, Gemiro, antão o trem é sério, sô. Carece providência!

Venderam uma vaca, a cabrita que usava quentar sol na pedra grande, juntaram umas economias, ajustaram a companhia do Zico da Clarinha, o sitiante rapou com ele pro mundo. O povo estranhou, o lugar se encheu de comentário.

Exibido e interesseiro, Zico queria luxo de passeio no Corcovado, bondinho do Pão de Açúcar, praia de Copacabana.

— Cê tem de ver o mar, provar se a água é salgada mesmo, na volta vão pedir notícia.

Mas Argemiro só pensava na Rua do Catete.

Desceram da condução na portinha. Era uma casa antiga, entre uma pensão e uma loja de móveis usados, a maioria de vime. Igualzinho no sonho. Argemiro sentiu um calorão, bambeou as pernas, foi um custo subir os três degraus da escadinha. Já na soleira, tomou fôlego e coragem, tocou a campainha.

Chinelo arrastando, surge um velho de pijama, jeito pachorrento de aposentado. Do lado de fora mesmo, um estado de nervo que só vendo, Argemiro contou que era de Serra da Saudade, interior de Minas, tinham vindo por causa de um sonho. O velho escutou, espantado, antes de falar:

— Quer dizer que os senhores viajaram tanto só pra isso? Como é que a sua sorte pode estar aqui? É por isso que o Brasil não vai pra diante!

Argemiro nem levantava os olhos do chão. Então o velho disse, superior:

— Sonho por sonho, eu posso imaginar que minha sorte está no interior de Minas. Num lugar montanhoso, um rio, montes de cascalho, uma casa simples, algumas vacas, uns porquinhos, a paineira florida, cheia de passarinho, e, logo na frente, numa pedra enorme, uma cabrita quentando sol...

— E comé que a sua sorte pode ser lá? – indagou Argemiro, admirado.

Jeito vago, olhar distante, o velho respondeu:

— É que debaixo daquela pedra grande, linha reta com a paineira, tem um diamante do tamanho dum ovo.

Argemiro bateu pra rodoviária. Não via a hora de pegar pá, picareta e enxadão...

A cidade submersa

Os homens de fora mal deram as costas e o lugar foi inundado de boato, comentário e palpite de toda raça e tamanho. Os da oposição juravam, de pé junto, que aquilo era lorota pura, conversa pra boi dormir. "É mais fácil elefante voar do que essa usina sair. Passou a eleição, babau". Os da política dominante contestavam, batendo pé: "É macuco no embornal, vocês vão ver!".

A chegada das máquinas calou os descrentes, afinal convencidos quando a modorra da cidadezinha começou a virar de cabeça pra baixo. O comércio animou-se, pensões e hotéis sempre lotados, aluguel de casa nas alturas. A zona boêmia fervilhava, com plantel renovado, conforme diziam os fazendeiros, parecendo falar de seu gado. Até um self-service e um supermercado logo estavam funcionando.

Agora, com a certeza de que a cidade ia ser inundada – ou submersa, como faziam questão os mais letrados – os moradores foram alvejados por uma saraivada de perguntas de jovens de fora, pranchetas, formulários e questionários na mão.

Gastaram quilômetros de filmes, fotografando tudo: cada rua, cada casa, praça, escola, igreja, campo de futebol. Conversaram horas sem conta com os mais velhos, especulando sobre a história do lugar, desde os tempos mais antigos. Arrebanharam fotos, álbuns, cartas, uma papelada velha, amarelada.

Depois, com os de meia idade, a mesma coisa. Dos jovens, queriam saber como se divertiam, os lugares que costumavam frequentar, onde dançavam, onde namoravam. Nunca se falou tanto em memória como naqueles dias.

Seu Nicolau, sempre atento, disse uma frase que ecoou de boca em boca, de pai pra filho, de filho pra neto:

— Esse povo é engraçado: vem pra acabar com o lugar onde a gente viveu a vida inteira, mas parece que não tem coragem de fazer o que tem de ser feito. Senão, pra que essa prosopopeia toda?

Enquanto as máquinas roncavam noite e dia, removendo montanhas de terra, os moradores faziam assembleias, discutiam, negociavam. E uma cidade nova ia surgindo, embora diferente da imaginada pelos engenheiros, arquitetos, sociólogos e urbanistas. Uns aproveitaram a indenização para mudar de vida e paradeiro. Outros, vindos de fazendas inundadas, não se ajustaram no comércio, compraram terra em lugar diferente. Em compensação, havia os forasteiros, atraídos por novas oportunidades de trabalho, amor ou sonho.

Feitas as escolhas, negociações e depurações possíveis, era hora de enfrentar a mudança do cemitério. Como tudo o que aconteceu desde o começo, houve muita discussão e controvérsia. Primeiro, para saber se, no meio de tanta perda, levavam (ou não) os despojos de seus mortos. Pedro Baiano, barranqueiro do São Francisco, fugira da inundação de Pilão Arcado na construção da barragem de Sobradinho. E contou que lá resolveram consultar os mais velhos, pedir conselho de sabedoria. E a sentença deles valeu para todas as cidades afundadas, como usavam dizer (Sobradinho, Sento Sé, Casa Nova...): "Vamos deixar nossos mortos em paz debaixo d'água.".

Todos ouviram, impressionados e comovidos, o relato de Pedro Baiano. Mas, já tendo perdido tanto, queriam ao menos poder levar uma flor à sepultura de seus mortos no Dia de Finados, continuar honrando seus defuntos num mesmo chão. Por isso, decidiram mudar o cemitério.

Quando abriram o jazigo da tradicional família Tavares, o sol já ia baixo, era hora de encerrar o expediente.. Atestados de óbito na mão, pás e picaretas funcionando, deram, enfim, nos ossos, recolhidos com meticuloso cuidado e depositados em solo firme.

Dona Isaurinha, matriarca dos Tavares, representava o clã, secundada pela neta Imaculada. A moça, meio afobada com o pôr do sol, ajudava a identificar os esqùeletos e esperava a confirmação da avó. Quando chegaram ao último crânio, Imaculada disse, depressa:

— Essa é mamãe. Só falta ela.

Dona Isaurinha observou um instante e disse, peremptória:

— De jeito nenhum! – E nem esperou a surpresa abaixar. – Sua mãe não tinha dente.

Sol posto, a velha encasquetada, interromperam o trabalho. No carro, o moço da empresa tentou dobrar dona Isaurinha:

— A senhora sabe que umas coisas ainda crescem depois da morte.

— Cabelo e unha qualquer um sabe. Agora, nascer dente? – duvidou.

— Às vezes, pode acontecer... Tanta coisa estranha acontece, não é mesmo? – disse ele, tenteando.

Ela o fuzilou, definitiva:

— Biturado?!

O pirotécnico

— Este ano, a festa vai ser de arromba! – garantia Sebastião Pereira. Por trás da promessa, alfinetava os Machado, rivais de sempre, festeiros do ano passado.

Janeiro entrou com chuva e agitação.

— Ontem mesmo, a bem dizer faltavam seis meses. Agora, com pouco mais de duas semanas, chega o dia 20. E ainda tem tanta providência pra tomar! – dizia dona Alice, mulher de Tião Pereira, alisando o cabelo da testa até a nuca, sestro reservado para horas de grande aflição.

Suspirava, olhava pro alto e completava, como se rezasse, naquela mistura de agonia, esperança e resignação:

— Mas está tudo nas mãos de nosso milagroso padroeiro. Se ele pode nos guardar contra a guerra, a peste e a fome, isso aqui pra ele é café pequeno. – dizia, olhando a filha à espera de imediata confirmação.

Tião Pereira custeava tudo, não admitia gente na rua, caderninho na mão, pedindo adjutório.

— Quem não tem competência, não se estabeleça. – sentenciava. Ou, variando o ditado: – Quem tem cachorro, tem que ter angu.

Fazia tempo, prevenira os cobres da festa, fora as novilhas para o leilão.

Com o passar dos dias novos voluntários iam se incorporando às hostes dos Pereira, a lembrar tempos antigos, velhas rixas de udenistas e pessedistas. O QG, montado na fazenda da Cachoeira, transferiu-se uma semana antes da festa para o sobrado da praça da matriz, de cujas sacadas, em outras épocas, haviam discursado os mais inflamados oradores da política regional.

Ciente da responsabilidade que lhe pesava nos ombros, Tião Pereira organizou rigoroso sistema de comando que envolvia toda a família, mais um séquito de amigos e empregados, de modo que nada lhe escapasse.

Uma semana antes da festa, guiados por instinto milenar, os ciganos já haviam armado suas barracas na entrada da cidade. Atraídos pelo misterioso magnetismo deles, uns traziam seus cavalos, quase sempre barganhados ao final de longuíssima negociação; outros (as mulheres com mais desenvoltura) entregavam suas mãos – com as linhas do destino e o dinheiro possível – na esperança de novidades no amor e nos negócios e, quem sabe, uma riqueza imprevista, um emprego ou casamento?

Depois dos ciganos, chegou o circo – sempre prometendo magia e encantamento, apesar da decadência, visível nos buracos da lona, no lastimável estado dos animais, no desânimo dos artistas. Armado no largo, junto à igreja da matriz, convidava o distinto público para o sensacional espetáculo de estreia, que prometia "emocionar a fina flor da seleta sociedade local".

Tião Pereira, informado de tudo, contabilizava qualquer novidade na conta do seu prestígio, mais um ponto na já ferrenha rivalidade com os Machado.

Então, lotadas as poucas pensões e o único hotel, começou a faltar acomodação. Muitos alugavam suas casas, barracões e quartos dos fundos, iam para a casa de parentes na roça, ganhavam um dinheirinho e fugiam da zoeira.

No sobrado da praça da matriz, luzes acesas até altas horas, o comando da festa se ocupava agora em alojar pessoas que, devendo realizar importantes tarefas nas solenidades, não tinham parentes ou amigos na cidade.

De repente, alguém perguntou: “E o pirotécnico?” Foi aquele susto. Como é que ninguém tinha pensado nele? Conversa daqui, discute dali, resolveram hospedá-lo na casa de dona Biluca, viúva do velho Ponciano França, fazendeiro forte e amigo leal dos Pereira. Ela não negaria este importante favor, esta fundamental contribuição para o brilho da festa e o prestígio do festeiro.

O homem, mal chegou, foi arregaçando as mangas, metendo mãos à obra. Pelo portador da mala, um pedido de desculpas à viúva França, pois só mais tarde poderia usufruir dos confortos e cuidados da zelosa hospedeira. Esta, orgulhosa pela incumbência de acolher tão importante personalidade, não via a hora de fazer-lhe as honras, conforme a melhor tradição da terra. E, principalmente, saborear, em primeira mão, as novidades que ele certamente trazia.

De tardinha, ele apareceu. Tomou banho, trocou de roupa, refez-se dos trabalhos e canseiras daquele longo dia.

Disponível para as atenções e curiosidades de dona Biluca, acomodou-se no sofá da sala. Enquanto apreciava o movimento na rua, percebeu os olhos da matriarca examinando-o.

— É a primeira vez que o senhor vem por essas bandas? Está gostando? Lugar pequeno, mas o povo é bom. Gente simples do interior, sabe como é...

Quando a conversa pareceu que ia morrer, ela perguntou pelo trabalho dele, não tinha entendido direito a explicação que lhe haviam dado.

— Sou pirotécnico – respondeu ele, modestamente, tentando parecer natural.

— Pirô o quê?

— Pi-ro-téc-ni-co – repetiu, escandindo.

— Ah... – fez ela, num misto de admiração e dúvida.

Pediu licença, foi à cozinha. Falando baixo, mas com

voz de grande autoridade, disse que o moço era pirotécnico, coisa muito importante, não devia beber café adoçado com rapadura.

— Troca de roupa e vai comprar, correndo, um pacote de açúcar cristal.

De volta à sala, esperou o momento adequado para pedir novos esclarecimentos quanto ao que fosse mesmo um pi-ro-téc-ni-co.

Sem conter uma certa afetação, ele disse, pausadamente:

— Nos últimos, digamos, vinte..., trinta anos, eu tenho tentado dominar a ciência, a arte e a técnica da pirotecnia.

Ela pediu que ele pronunciasse novamente a palavra, repetiu-a para ter certeza de que havia aprendido, e, logo, logo, voltou à cozinha:

— Olhe, o homem não é pouca porcaria não. Acho bom torrar e moer o café na hora. Daquele escolhido.

Tendo ao fundo rumores e cheiros do café sendo torrado, na sala a conversa prosseguia. Depois de colocar o hóspede a par dos negócios da família, das muitas fazendas, lavouras e cabeças de gado, dona Biluca quis saber, na batata, o que é mesmo que o moço e sua pirotecnia inham a ver com a festa do padroeiro.

Ele explicou que era responsável pelos rojões, foguetes de lágrima, pela queima do mastro e pela cascata de fogos que seria apresentada pela primeira vez na região. E, como brinde especial, um barquinho iluminado iria correr do adro da igreja até o coreto.

Terminada a explicação, dona Biluca correu à cozinha e disse à espantada cozinheira:

— Adoça com rapadura mesmo, que o moço é fogueteiro.

Os surdos

Para Cida, antiga cantineira da Fundação João Pinheiro

Pai, mãe e filha moravam numa fazenda antiga, sede assobradada, num lugar muito ermo. Ele era dono de terras e reses, mas levavam vida simples, quase miserável. Produziam de tudo; comprar, só sal e querosene.

Uma moça ajudava na lida. Um bobo papudo tratava da criação e zanzava entre a horta, o monjolo, o moinho e o chiqueiro, mais por caridade e companhia que por precisão. Em tempos de aperto, ajustavam algum vizinho, convocavam mutirão.

Sendo surdos, viviam os três sempre mergulhados em longos e fundos silêncios, só quebrados em alta voz e reforçados gestos, coisa que exigia muito esforço e paciência. Por isso, preferiam a calmaria de esticadas pausas, nas quais costumavam sorrir com seus botões. No comum, tocavam a vida com esmerada alegria, exibiam boas feições.

Ultimamente, o fazendeiro aventurara adquirir, na bacia das almas, uma nesga de terra vizinha com limpas nascentes, boas manchas de cultura, capoeirão fechado, madeira de lei em mata virgem. Pra não perder o negócio, resolveu contrariar rigorosos princípios e tomar dinheiro emprestado. Agora, a letra estava para vencer.

Um dia, céu ainda meio estrelado, a mulher, estremunhada de preguiça e sono, estranhou o marido ali, rente ao fogão, sovelando na espera do café, cavalo arreado, pronto para bater orvalho.

— Que sapituca foi essa que te deu hoje? Parece o diabo fugindo da cruz.

— Quem tá carregando cruz?

— Falei que parece o diabo fugindo da cruz. Que que foi?

— É a maldita daquela letra! – explicou ele, quase aos berros.

— Letra? Que letra? – perguntou a mulher, lendo os lábios do marido.

— Das terras, meu Deus do céu. A letra do compadre Tobias!

— A mula preta do Zacarias? Que que tem ela?

— A le-tra! Do compadre Tobias! – repetiu ele, impaciente.

— Ah!

— Esqueceu que ela vencia hoje?

— Lembrava não.

— Pois é. A venda do gado fracassou, acabei ficando desprevenido. O recurso é dar um cortejo, cair no mundo. Não quero passar pela vergonha de ser cobrado e não poder pagar.

— Carece afobar assim não, gente! Compadre tá com o burro na sombra, é questão de conversar, dar uma satisfação, ele estica o prazo.

— Se ele aparecer, inventa uma desculpa, diz que não sabe o meu destino – recomendou, enquanto virava um fumegante gole de café.

A mulher mirou o marido com olhos atentos, notou seu jeito afobado, disse um "vai com Deus" – que ele não escutou, porque já tinia as esporas no soalho a caminho do curral –, e foi apartar as galinhas.

O fazendeiro, na virada do morro, deu de cara com o compadre-credor. Sem uma moita pra enfiar, um cupim pra se esconder atrás, sem outro recurso que o salvasse daquela aflição, pediu a Deus que se abrisse a seus pés um buraco onde pudesse sumir. Mas sua prece não foi atendida.

Compadre Tobias, muito pândego, achou foi graça na nervosia do outro, disse que tinha perdido o sono, saiu pra dar pasto às vistas. Letra? Que mané letra? Nem estava lembrando daquilo.

Surdo feito uma porta e, além do mais, completamente emperreado, o compadre-devedor, espumando de contrariedade, meteu o chicote no cavalo e seguiu sem rumo, pelejando pra fugir do próprio azedume. Não escutou – nem podia – o compadre dizer que ia cumprimentar a comadre, com certeza ainda pegava um café quentinho.

Lá pela volta do dia, o fazendeiro voltou e, ainda aborrecido, contou à mulher o azarado encontro daquela manhã. Ela, apreciadora de boas notícias e entretida na lida, não estava com paciência para ficar de turra com o marido. Enquanto ele falava, ela imaginava as novidades que ele acabava de trazer, depois de tão largo cortejo. Então, com a melhor cara do mundo, disse, quase falando pra si mesma:

— Se você acha que é bom negócio, que não vai te apertar, então faz!

E correu para a bica, onde a filha lavava roupa. Precisava contar-lhe a importante novidade.

A moça, concentrada no cheiro da água, na limpeza que ia chegando à roupa, mal percebeu a presença da mãe. Quando viu o jeito dela, parou no ar o gesto de esfregar uma peça para não perder nada do que a mãe tinha a contar.

E o que a mãe falou, mesmo a filha não escutando, foi o seguinte:

— Sabe o que o seu pai chegou contando?

— Hein?

— Seu pai!

— Que que tem ele?

— Diz que vai comprar um boi erado, enorme, muito gordo, para a gente comer carne até não poder mais!

Encantada, a moça respondeu:

— Ah, mãe, isso aí a senhora e o pai resolvem do jeito que for melhor. Se o moço é bom, e vocês fazem gosto, eu caso...

Eleições no tempo do onça

Esse três de outubro trouxe meu pai de volta: no seu melhor terno, gravata especial para a ocasião, barba escanhoada, cabelo caprichosamente cuidado. Era dia de festa grande, o sepultamento do Estado Novo e da ditadura Vargas. A primeira eleição de minha vida veio numa onda cívica de tirar o fôlego. O cartaz do Brigadeiro (Eduardo Gomes, herói dos 18 do Forte) ficava num lugar bem visível da sala, mas ocupava também as paredes do alpendre. De pé nas jardineiras, já sem canteiros, fazíamos ardorosos discursos, cada um de nós, pirralhos de oito anos para trás, representando um candidato à presidência da República: Dutra, o Brigadeiro, Crispim...

Antes, houvera o duro trabalho de qualificação dos eleitores. Tio Antônio Carvalho, na maior azáfama com sua pasta de couro atulhada de folhas de papel almaço, penas e canetas, tinteiros Sardinha, cuidadosamente arrolhados, corria a zona rural atrás de eleitores, depois de tanto tempo sem eleições. Para se qualificar e obter o título eleitoral, o candidato a cidadão precisava fazer um requerimento ao juiz da comarca. Na roça, muita gente, só depois de muita peleja conseguia desenhar o nome no requerimento previamente manuscrito. Mesmo assim, depois de bastante papel perdido, caneta entortada ao peso da mão, batuta numa destoca, numa derrubada de mato ou na limpeza de pasto, mas incapaz de calibrar o movimento de coisa tão delicada como uma pena de aço na ponta de um pedacinho de madeira.

O cabo eleitoral acompanhava tudo, controlava todo o processo, do requerimento à votação.

No tempo dos antigos coronéis eram poucos os eleitores donos do próprio nariz e cada voto era disputado no tapa – às vezes figuradamente, às vezes ao pé da letra. Imperava o toma lá, dá cá, depois chamado "é dando que se recebe", injustificável aviltamento da belíssima oração de São Francisco.

Procurava-se impressionar o povão com a oratória dos doutores, dos letrados e semiletrados. A UDN, ensinando que o preço da liberdade é a eterna vigilância, empunhava a tocha dos que haviam combatido a ditadura. E levava a oratória de seus bacharéis aos mais remotos cafundós. Meu tio Josias, com as tintas do latim ainda frescas, citava a cruz de Cristo nos estandartes de Constantino, com seu poderoso lema: *In hoc signo vinces* (Com este sinal vencerás).

No Engenho, caminho do Pé do Morro, vivia Amália, conhecida como Amália Doida, que, segundo alguns, fazia-se de doida para poder viver. Mas, ao contrário de sua quase xará, que queria a lua do céu e também a lua do mar, Amália não fazia cerimônia para soltar palavrões. As pessoas relevavam seus repentes e ela seguia em frente, como a vida no pequeno arraial.

Um domingo, no largo da matriz, os udenistas começando a se juntar para um comício de altas figuras do partido, ela ficou por ali, andando de um lado para outro. Quando os ilustres visitantes acabaram de subir ao coreto inacabado, preparando-se para deitar falação, ela raspou a goela e despejou:

— Diz que veio uns cachorro de fora latir aqui hoje; late, late, cachorrada, que eu preciso ir s'embora!

Acabou de falar e ficou por ali, meio sonsa, apreciando a reação das pessoas. Dizem que depois saiu de fininho e foi até a venda de alto chefe pessedista, onde apresentou a fatura:

— Cumpri o trato, agora me dá o corte de pano que ocê prometeu.

Mão na roda era ter um médico na campanha. Ouvia queixa de dor que dói no peito e responde na cacunda, bambura nas pernas e amargo na boca, desacorçoo sem conta, macacoa sem fim e ainda media pressão e distribuía amostra grátis.

Um amigo meu, jeitoso e educado, resolveu dar uma força na campanha do primo para prefeito. Tirou férias do emprego, mudou-se de armas e bagagens para o interior. Custava a dar conta da fila na porta, desde o amanhecer.

Bom de conversa, amante de um golinho, virou o xodó do povo do lugar. No embalo da popularidade, começou a atender num distrito. Era doutorzinho pra cá, doutorzinho pra lá, aquela intimidade com todo mundo, café numa casa, janta, golo e prosa noutra, quase não dava para as encomendas.

Na hora do comício, foram buscá-lo à força no bar. Posto a muque no palanque, exigiam que falasse. Ele negaceava, esperneava como podia, mas não teve jeito. Então, zonzo de pinga e susto, dirigiu-se ao povo do lugar:

— Se alguém da família de vocês adoece, aqui tem hospital?

— Não!

— Se precisa buscar recurso fora daqui, tem ambulância pra levar?

— Nãão!

— Quando os filhos terminam o primário, e querem fazer o ginásio, aqui tem escola?

— Nããããão!

— Na hora de trabalhar, encontra emprego?

Depois de ouvir o "não" ainda mais encompridado, o doutorzinho fez uma longa pausa. Quando o silêncio voltou, fez a pergunta que selou a eleição daquele ano:

— Então, minha gente, o que é que vocês ainda estão fazendo aqui?

Em Santana da Goiabeira, Vicente da Mariana varava as fazendas da região comprando ovo. Meninote mirradinho e esperto, trazia às costas um pequeno balaio, preso por duas tiras de couro, onde, entre camadas de capim, ajeitava sua preciosa carga. Com o tempo, foi progredindo, comprou uma caminhonete, depois um caminhão, transformou-se em próspero comerciante.

As muitas amizades de uma existência inteira, o bom nome e um jeito único de lidar com as pessoas acabaram por levá-lo à política. No início, ele refugou. Depois, com tanta insistência, acabou aceitando, apesar do pouco tempo e das muitas despesas novas. O aborrecimento maior foram os tais de santinhos: tirar retrato, levantar preço, arranjar gente para distribuir. Na gráfica, ficou no maior aperto, custou a decidir sobre assunto tão difícil. O rapaz mostrava modelos, tamanhos, tipos de papel e Vicentinho ali, embasbacado. Perguntou quanto ficava, o moço respondeu, vago:

— O preço... depende. Quanto mais fizer, mais barato fica. Pra uma quantidade maior, fica praticamente de graça.

Aflito para resolver, preocupado com o preço dos santinhos, ele decidiu, rápido:

— Então, vai fazendo, vai fazendo... Quando estiver quase de graça, aí você para.

A tremosfera do Oto

No supetão do susto, soube que Oto tinha ido embora.

Por estar fora da cidade, não pude juntar-me aos muitíssimos amigos na missa de sétimo dia. Com Marcus Bicalho, troquei tristeza, riso e saudade nas lembranças do companheiro querido. Hindemburgo relembrou-lhe a brilhante trajetória profissional, marcada de entusiasmo, lealdade e competência, prestando-lhe justo tributo. No "Diário da Tarde", Chico Américo lembra Oto, ao lado de João de Paula Pires e Milton Fernandes, que também nos deixaram recentemente.

Edmur Fonseca relata a emoção de Hindemburgo na missa, rememora episódios antigos, desde os tempos do "Diagnóstico da Economia Mineira", obra dos brilhantes "profetas da catástrofe" comandados por Fernando Reis. Sob imperiosa batuta de Israel Pinheiro, aplicava-se, na contramão de um poder central autoritário, o melhor de nossos talentos na montagem do aparato que sustentaria a arrancada industrial de Minas. Faltaram os companheiros do Chile, que foram a outra missa, quase no mesmo horário. Edmur define Oto como um patriota montanhês, um conservador aberto às mudanças.

Ronaldo Barreto volta ao apartamento no Rio, partilhado com Guilherme Camargos e Álvaro Pelegrino, a hora de "ver navios", da janela do edifício d'"A Noite", onde trabalhavam, depois de indispensável consulta às chegadas previstas, no JB. Numa visita ao Museu do Índio, Oto impressionara os profissionais da área pela intimidade com que discorria sobre as diversas tribos brasileiras, conhecimento resultante de muita leitura, conversas e bizarros encontros, inclusive em pescarias.

Uma vez, no Bananal, compartilhamos o fedorento cachimbo com uma índia em cujo vestido se estampava, dezenas de vezes, o então universal "Peace and Love". Certa ocasião, pescando com Ronaldo no Araguaia, saiu altas horas à procura de socorro para a caminhonete e acabou dormindo estacionado num posto de gasolina até que a oficina abrisse. Acordou assustado com um índio pedindo informação sobre determinado caminho.

— Ah, meu irmão, estou mais perdido que você.

Outra vez, gastou dias por estradas precárias para alcançar o Araguaia. Mal desembarcaram a tralha, souberam, por uma rádio de evangélicos, que estourara a guerra no Oriente. Antes de fazer imediatamente o caminho de volta, esclareceu:

— Represento o Ministério da Justiça no Conselho Nacional do Petróleo, não posso ficar nem mais um minuto aqui.

Na véspera de partirmos de Brasília para uma pescaria no rio Teles Pires, em Mato Grosso, Oto ligou ao Ronaldo, amigo querido, colega no "Estadual", convidando-o para ir conosco. O insultuoso telefonema, só para provocar inveja, foi respondido, entre impropérios, com votos de que encontrássemos o rio coalhado de mandi serrudo e candiru.

Certa vez, na fazenda do Oto, em Luz, os dois atiravam num alvo riscado na árvore. Quando Ronaldo acerta o centro do alvo, no primeiro tiro, Oto provoca:

— Dá outro!

— De jeito nenhum! – nega-se Ronaldo, para não estragar o raro presente da sorte.

Numa viagem por terra à Argentina, o carro cai numa valeta. Sem uma palavra à Zélia ou aos filhos, Oto pega uma carona e desaparece. Logo depois, surge de uma estradinha de terra um enorme trator, que coloca o carro no asfalto. Ao voltar com o reboque, horas mais tarde, Oto não compreende o que se passou. Tampouco pergunta. Dirige longo tempo em estupefato silêncio, tentando entender: se o carro não caíra na valeta, como imaginara, ou se, tendo caído, como poderia estar ali, antes de sua chegada com o socorro?

Encantado com a cultura popular, juntava o amplo conhecimento de nossos principais autores regionais com um apurado gosto pela observação de nossa realidade. O tempero de impagável histrionismo resultava em representações inesquecíveis.

Uma delas era a história de Pedro Bunda e Miguel Revólver, dois irmãos que nasceram pregados pelos quartos e foram separados a serrote, segundo Edmur, ou a facão, como Oto me garantiu. O certo é que, na desajeitada cirurgia, um ficou com um osso pontudo nas cadeiras, enquanto o outro andava com o traseiro estufado. A única semelhança entre eles era o andar manquitolante. As diferenças iam do temperamento à aparência.

Miguel, valente, arruaceiro e mulherengo, vivia encrencado: fechava festa, quebrava venda de beira de estrada, pintava os diabos. Uma noite, atravessou um rio cheio para visitar um compadre de quem há muitos anos não tinha notícia. No arraialzinho deserto, escuridão de breu, tudo fechado, encontrou um homem vestido de capa Ideal, rosto tampado pelas grandes abas do chapéu. Pediu notícia do compadre, se ainda morava no lugar, como é que ia, como é que não ia. Voz soturna, o sujeito falou:

— Pois tá falando com ele, amigo ingrato...

Antes que pudesse fazer qualquer pergunta, o outro

completou:

— Morri há muito tempo.

Num estirão, o valente Miguel Revólver atravessou o rio de volta, mesmo sem saber nadar direito.

Já Pedro Bunda – pacato, metido a curador, sabedor de rezas e simpatias – era dado a misticismos e despojamentos. Calçava alpercatas de couro cru e, na ponta de grosso barbante, trazia sempre um grande botão, que tirava do bolso do colete e examinava atentamente para ver as horas. O olhar vagava para além de coisas e pessoas, conversava pouco e baixo, quase sussurrando. Na despedida, invariavelmente, dizia:

— Bom, 'xeu ir pr'esse mundo afora salgando a bunda com a precata.

Numa viagem pelo sertão da Bahia, Oto encontrou em Correntina (ou seria Barreiras?) dois empregados de uma empreiteira comprando sortimento. Estavam locando uma rodovia, viviam no meio do mato fechado, mal sabiam se era dia ou noite.

— E vocês não têm medo de ficar perdidos? – indagou Oto.

– Tem perigo não. A gente usa aquela agúia de rumo que os doutô chama de busca.

Dessa mesma viagem, voltou contando, com floreios e prosopopeias, o começo da Segunda Grande Guerra.

— Foi aqui pros lado de Correntina, na fazenda das Arara, propriedade do Sô Manezinho Araújo. Ele ajustou um tal de sô Shimite, alamão legítimo, comedor de linguiça e bebedor de cerveja, pra assentar uma usina. Dilatou pouca coisa, chegou uns japalês do Bouru, plantador de batata. Por qualquer besteira, ferraram uma briga, o trem foi ficando feio, meteram fogo nos pasto, saíram de foice, enxada, machado, porrete, quicé e canivete, o que a mão pudesse alcançar. Ultimamente, acho que já tavam pegando era no dente, porque os minino da sá Mariquinha foi dispensado por causa dos dente estragado...

Uma vez, voltando de Manaus num avião do governo, deu carona a um homem da região até Brasília. No aeroporto, o passageiro contava a viagem aos parentes.

— Ah, lá em riba, quando ganha prumo, é a maior beleza. De vez em quando sacoleja, solavanca. Mas depois que aplaina, dá gosto. Lá embaixo, fica tudo miudinho, parece de brinquedo. O quê que eles conversa? De tudo: coisa de serviço, piada, brincadeira, uns bulindo com os outros. Agora, na travessia de uma chuva forte, tempestade braba, o bicho pulava feito burro chucro. Aí a prosa demudou, o pessoal só falava numa tal de tremosfera. Era tremosfera pra cá, tremosfera pra lá, eu avoando no assunto. Quase fervi a moringa pra saber o que vinha a ser aquilo. Muito burro, eu tava pensando no plaino de algum animal, algum bicho desconhecido. A resto, sô, tremosfera é o ar dos doutô!

O dia em que, sem querer, matei o Sabará

Encontro o Sabará na fila do banco. Cara boa, barbeado, roupa limpa e bem passada, nem de longe lembra os tempos em que, cheirando a álcool, abatido e afobado, recolhia apostas de jogo de bicho. Vivia meio clandestino, olhando de lado, a meia verde fosforescendo a cada passo miúdo e apressado.

Bancário aposentado, largou o bico das apostas quando um delegado, amigo da família, avisou da entrada de um pessoal de fora que jogava pesado e a polícia ia apertar.

Família bem encaminhada, vive sozinho e feliz. Casamento, bastou um, pra nunca mais. Nada toda manhã, bem cedo, frequenta uma biblioteca até a hora do almoço, leva vida tranquila.

Outro dia, passou no bar onde os antigos companheiros costumam fazer ponto. Lá estava a turma de sempre, com as baixas naturais. Pediu água mineral sem gás, conversou um pouco e recusou-se a beber – bebida alcoólica, quase ninguém oferece mais.

Um amigo, ironia calibrada no álcool, alfinetou:

— Sabará, você é o único da turma que não estudou, que não progrediu na vida.

Ele falou que tinha criado os filhos, todos bem encaminhados, e, mesmo com modesta pensão, vivia em apartamento próprio, nada devia a ninguém.

— Hoje em dia, muitos fazem farol, mas pagam juros

de cartão, vivem pendurados no cheque especial e colecionam uma penca de empréstimos. – disse, encarando a turma, antes de completar. – Eu tenho até dinheiro emprestado.

Para provar, mostrou uma caderneta com nomes, datas e valores recebidos mensalmente.

Então, de repente, me perguntou:

— Lembra o dia em que você me matou?

Lembrou que eu sempre passava pela lojinha onde ele entregava as apostas, a gente parava, conversava, eu pedia notícia de seu irmão, meu amigo e contemporâneo de faculdade, de sua cunhada, amiga de minha esposa, uma conversa espichada na pachorra da época.

Uma ocasião, tendo passado várias vezes sem vê-lo, pedi notícia. O funcionário respondeu, pesaroso:

— O senhor não soube? Ele suicidou.

Sabará disse, embora eu não me recorde, que no quadro "Prosa Arrumada", do programa "Arrumação", eu falei da morte dele, lamentei o ocorrido, mandei um abraço para a família.

Na verdade, quem tinha morrido era o dono do ponto de jogo do bicho, pessoa que eu nem conhecia. Como nunca mais vi Sabará, e seu irmão morreu logo depois, perdi o contato com sua família e o assunto ficou por isso mesmo.

Outro dia, na fila do banco, ele conta que, logo depois de sua suposta morte, que anunciei por engano na televisão, ele sentou-se no ônibus ao lado de um antigo conhecido. Cumprimentou-o, o outro mal respondeu. Puxou conversa, o assunto não rendeu. Encabulado e silencioso, o sujeito olhava Sabará de soslaio, evitando encará-lo.

Quando o ônibus foi chegando ao ponto onde o homem ia descer, ele se levantou, olhou Sabará bem nos olhos, e perguntou, cheio de certeza:

— Mas você morreu mesmo, não foi?

Luz que não se apaga

Demosthenes era alto, inteligente, elegante. Falava bem, entendia de muitos assuntos fora do ramerrão do lugar. Interessava-se por política, observava as pessoas com humor e ironia, indignava-se com injustiças e queria reformar o mundo. Solteiro, caminhando para os trinta, era amigo de seu Olímpio, um dos fazendeiros mais ricos da região. Costumava aparecer de tardinha, pegava na prosa, às vezes pousava na fazenda.

Dentista prático desde os dezessete anos, acabara de se formar em Ubá, para onde ia um pouco a cavalo, depois de jardineira e, finalmente, de trem, fazer provas semestrais na escola em que a frequência não era obrigatória.

A família do genro Zezé morava perto e todos tratavam bem o dentista – porque gostavam dele, um pouco por consideração ao patriarca, e também na secreta esperança de que ele pudesse se casar com Maria, irmã de Zezé, que passava longas temporadas em sua casa.

Mas os olhos do dentista estavam em Waldete, pouco mais que uma menina, doze anos mais nova. Ganhava dinheiro costurando desde quando, aos quinze anos, fizera o primeiro vestido de noiva. O pretendente lhe mandava, pelo pai dela, revistas de moda, os figurinos, com bilhetes amorosos escondidos. Quando o coração dos dois acertou os compassos da forte batida, fechou-se o tempo: a diferença de idade era enorme, ele era rebelde, ateu, ideias comuno-anarquistas, e, pior, não tinha tronco, pois era filho de padre. A oposição da família da jovem e o dedo na ferida sempre aberta na vida dele estimularam o casamento, ele com trinta, ela com dezoito anos.

No arraial, pequeno e ermo, os filhos iam chegando, amiudados – um na barra da saia, um no braço, outro na barriga. Se alguém o via na rua, altas horas, dizia: "Lá vai o Nonô Dentista buscar parteira".

Incentivada pela crescente freguesia, ela costurava até tarde, depois da lida, numa Singer de pé, à luz do lampião, ajudando nas despesas, que cresciam junto com o tamanho da família. Mas nunca se queixou. "Mais difícil do que criar quinze filhos foi perder três", diria anos depois.

— Nós somos uma família nova. – repetia Demosthenes.

A gente ouvia o imperioso mandamento sem entender que se tratava de sua paternidade manca, da falta de tronco, um tronco que se haveria de construir com estudo, trabalho, integridade, modéstia e solidariedade.

Mesmo com os serões de costura dela e as pontes, canais, extrações e dentaduras dele, o dinheiro era curto para tanto sonho. Terminado o grupo escolar, os mais velhos foram saindo, meninos ainda, caçando rumo na vida – menos Cláudio, o primogênito, que recusou uma mula de primeiro repasso, arreata nova, para fazer ao menos o ginásio agrícola. Quando uma amiga contou da peleja para formar quatro filhos, minha mãe disse:

— Formei quinze sem saber como.

Cláudio perguntou se ela estava ficando mentirosa depois de velha, ela deu de ombros:

— Ah, você é formado na escola da vida, a melhor que existe.

Quixote inflexível e destemido, meu pai foi contra a ditadura em pleno Estado Novo. Passou por longos interrogatórios policiais, sofreu agressão física, recebeu os pracinhas da terra com um banquete, soltou um caminhão de foguetes na vitória da UDN local, pintou o "V" da vitória nas paredes externas da casa, teve a residência varejada pela polícia na ditadura militar.

Jamais conseguiu ter em mãos o almejado diploma. Alegaram incêndio na escola e um famoso advogado referiu-se a "boi na linha". Quando, quase no fim da vida dele, descobri que o precioso documento estava na divisão de segurança e informação do MEC, ele falou:

— Ir lá e pegar com seu amigo não tem graça nenhuma. Bom era quando tinha de brigar por ele.

Embora tido como ateu, conhecia a Bíblia, era amigo do Bispo, alegrou-se com o Concílio Vaticano II, deixou um belo poema de ação de graças.

Viúva, quinze filhos criados, netos e bisnetos chegando, Waldete reviveu no serviço solidário e amoroso. Fez roupinha na creche, costurou na Santa Casa, mexeu enormes panelas em encontros religiosos, cuidou de idosos (alguns mais novos do que ela), apoiou seminaristas pobres, curou umbigos sem conta, vestiu defunto, fez ginástica, fez yoga, participou de desfile de moda beneficente, foi jurada de escola de samba, dançou vestida de homem em festa junina até se aborrecer com as gozações por uma foto no jornal. Dona Blandina, seu par nas quadrilhas de São João, decidiu:

— Então eu visto de homem pra gente continuar dançando.

Aos noventa e seis anos, sua vida plena e fecunda foi-se exaurindo, em poucos dias ela se entregou. Prostrada, acabou no hospital. Quando cheguei para a visita que seria a última, ela me olhou por trás da máscara de oxigênio e disse:

— O enterro não é hoje, não.

Três dias depois, na manhã de sete de junho, ela se foi.

— Esperou o sábado, pra facilitar. – observou Leo, sempre atento.

Pingo, o gato da vizinha que vivia atrás dela, passou longo tempo sobre o muro, entristecido e desanimado de descer. Entre os que foram se despedir, muitos órfãos que ela deixou pela cidade. No velório, Cláudio disse:

— Isso é uma celebração.

Depois da missa de corpo presente, em clima de emocionada surpresa, Duga, querido amigo da família, cumpriu desejo de minha mãe, entregando a cada filho(a) um vaso de violeta, que erguemos acima de seu corpo num último brinde. Lembrando que num Dia das Mães não muito distante Kátia havia lhe dado uma bandeja com 15 vasinhos de violeta, pensei numa misteriosa sintonia entre elas. Ao saber que o pedido de mamãe era anterior, duas coisas me intrigaram profundamente: o fato de Kátia haver lhe dado – sem nada saber – exatamente o presente que ela daria aos filhos na hora da partida, e o que mamãe deve ter sentido e pensado com a surpreendente coincidência, sem nada manifestar.

O enterro entrou pela noite, com música, cantoria, gratas lembranças, muita emoção e pouca lágrima, até que Bené, o irmão caçula, disse:

— Olha, gente, a prosa tá boa, mas o pessoal do cemitério precisa descansar.

Na casa em que ela viveu por longos anos, três gerações entrelaçadas, saboreamos suculenta sopa, celebrando aquele momento de união, que ela queria para sempre, sua clara presença pulsando no coração de cada um.

O mundo de cada um

Na TV, por causa do horário de verão, o ano novo chegou treze horas mais cedo. O céu, colorindo o final da nossa manhã, trouxe beleza e esperança a um mundo cansado de crise econômica, roubalheira, violência e fanatismo. O espetáculo luminoso começou em Pyongyang, na Coreia do Norte, Vitória e Sidney, na Austrália, caminhou para Awkland, na Nova Zelândia, e alcançou Bangkok, na Tailândia. Enquanto os cenários iam mudando na tela, eu viajava no tempo e na memória.

Com a morte de Salvador Allende, presidente do Chile, no palácio de La Moneda, durante o golpe militar de Pinochet, a brutalidade inaugurou sua entrada instantânea em nossas casas. Laércio Campos, saudoso amigo e compadre querido, impressionou-se por assistirmos a um episódio que acontecia praticamente diante de nossos olhos, transformando-nos em testemunhas oculares da história, como dizia o Repórter Esso, numa época em que ninguém sonhava com tempo real.

Mais recentemente, pelo Facebook, perguntei a Alice Barreto, filha dos saudosos amigos Ronaldo e Letícia:

— Você, que está algumas horas à frente, o que vê por aí?

A resposta, singela, quase prosaica, foi:

— Meu marido, trepado numa escada, pintando o teto.

Em 1994, dona Maria e seus muitos filhos assistiam ao noticiário da Copa nos Estados Unidos. Quando o repórter, encerrando a matéria, diz "... direto de Los Angeles, para o Jornal Nacional", a matriarca faz um muxoxo e protesta, ofendida:

— Hã, 'direto de Los Angeles'! Esse povo pensa que a gente é bobo? Um solão desse lá e aqui com esse breu!

A filha mais velha lembra a mãe da conversa delas sobre fuso horário, a hora diminuindo no mapa da direita para a esquerda, acompanhando o caminho do sol.

— Lá são quatro horas mais cedo, mãe.

Aflita, dona Maria bota as mãos na cabeça e fala:

— Aqui em casa, tem gente que frequenta centro espírita, uns são carismáticos, outros são crentes, tem quem goste de candomblé, de ler carta, de ler mão. Cada um faz o que quer, eu nunca me importei. Agora, pelo amor de Deus, gente, ocês me deixem quieta com minha religião!

E tem o caso do cisterneiro que, cansado de furar sem encontrar água, perdeu noção de tempo e lugar. Lá do fundo, viu uma claridade na boca do poço, parecendo lua cheia. Quando o galo cantou no terreiro, exclamou:

— Eta, ferro, já tá amanhecendo no Japão!

Levado pelo patrão ao planetário, Sebastião saiu de lá apavorado:

— Nunca pensei que a Terra fosse uma bola rodando solta, perigo de trombar, cair, a gente despencar no espaço.

Mesmo depois de todas as explicações sobre órbitas, constelações, os astros girando na mais perfeita harmonia desde que o mundo é mundo, não se convenceu:

— Ah, professor, isso é o maior perigo, agora não consigo mais dormir sossegado!

De volta das férias, Beatriz mostrava para Maria, mestra em temperos e sabores, as fotos da praia. Maria parou numa onda enorme e falou, admirada:

— Já pensou, Beatriz, quando chega lá adiante, que baita cachoeirão não deve formar?

Na viagem de ônibus, um passageiro diz:

— A gente está indo para o sul, não é?

Intrigado, o outro perguntou como ele sabia.

— Pelo rumo do sol, uai: leste à direita, oeste à esquerda, norte à frente, sul atrás. Você não estudou isso no primário?

Com olhar vazio, o companheiro respondeu:

— Ah, mas isso eu só sei quando estou lá em casa!

Quando tio Joaquim foi à cidade pela primeira vez, vovó Sebastiana ficou em casa, pensando na aventura do filho. Na volta, todo animado, ele contou o que viu, o que fez, o que escutou, o que comeu, aonde foi, quem encontrou, o que gostou. Falava aos borbotões, tudo misturado no encantamento por conhecer Bonsucesso. A mãe quis saber: de tudo, tudo, o que ele mais havia gostado? Certeiro, o menino respondeu:

— Uma velha comendo pão na janela.

Ao completar oito anos, Tiãozinho, montado em seu piquira pampa que acabara de ganhar, foi com o pai dos Romeiros a São Tiago. Ia todo intimado, era sua primeira viagem com as rédeas na mão. Antes, na garupa, só via as costas do cavaleiro no arreio e as coisas que passavam do lado. Agora, vendo o mundo de frente, a viagem era outra. Na cidade, escutou conversa de homem na farmácia, ouviu música caipira no rádio do armazém, comprou bolinha de gude pra enfeitar as vistas e invejar os irmãos, um canivete corneta, um pente flamengo e um espelhinho de bolso. Comeu pão de sal com sardinha e guaraná e almoçou na pensão do Luís Caputo antes de pegar a estrada de volta. Chegou em casa com o traseiro ralado daquele estirão de oito léguas, ida e volta. Mas a alma estava cheia de uma nova alegria. Quando perguntaram o que tinha achado da viagem, o menino estufou o peito e revelou sua importante descoberta:

— Olha, gente: quem quiser saber como este mundo é grande, viaje pros lados de São Tiago!

O assalto

Maior que o estrondo, só o espanto e a surpresa.

Dia claro de sábado, manhã virando tarde, mesas no passeio e na rua, filhos de Deus sentindo-se especialmente abençoados.

Mas, num átimo, tudo se congelou. O garçom parou, garrafa e abridor na mão; a moça do caixa confundiu o troco; o bife, na chapa, passou do ponto... Fofocas e maledicências adiadas, desejos e paixões arrefecidos, rivalidades esportivas esquecidas, todos se voltaram para o outro lado da rua.

— Olha o carro do velho, coitado! Cadê ele, poxa?!

— Passou aqui, acho que foi levar a mulher no dentista. Não quero nem ver quando ele chegar.

— Essa dona pirou. Olha lá em cima, na janela! Parece louca mesmo!

— Que zoeira é essa, gente? Alguém pode me explicar... - pede um, de volta do banheiro, ainda ajeitando as calças.

— Peraí, a dona tá gesticulando, parece que quer dizer alguma coisa.

— Agora imagina! Jogar um vaso lá do alto! Arrasou com o carro do velhinho.

— Calma, gente. Ela tá gesticulando, diz que não pode falar.

— Que gesto é aquele, revólver?

— É, sô. Cadeia. Tá mostrando com a mão, fazendo sinal.

— Tá é precisando de ajuda, pedindo pra telefonar! Avisar a polícia.

— Ah, tem ladrão no apartamento dela, coitada. Chama a polícia, gente!

— Fica frio. O cara ali, de celular, já tá chamando.

— Nossa! Só porque tem celular, precisa ficar nessa metidez?

— Deixa de implicar. Seja como for, está ajudando, uai.

— Meu primo mora nos Estados Unidos, diz que lá qualquer pé de chinelo anda de celular. Aqui, é essa exibição. Acho a maior grossura usar em velório, igreja, teatro.

— Então se prepare. Não demora, aqui vai ficar igual. Qualquer novidade, num instante esparrama.

— É. Mas o cara, olha só, parece que vai trazer até o exército pra cá.

— Assim, todo mundo telefonando, ninguém vai conseguir falar.

— Olha lá, a dona na janela, apavorada.

Devagar, volta-se à cerveja, antes que ela esquente; ao bife, antes que sole; ao galanteio, à ranzinzice, e um sincopado compasso de espera se estabelece. Mas, de qualquer modo, aquela quase comum manhã de sábado ganha inesperado condimento. Saboreando-o, cada um espera como pode.

Então, chega a polícia. Melhor dizendo, as polícias. Civil, com seus jalecos; militar, de capacete e cassetete; operações especiais, metralhadora e escopeta. Na emergência, duas patrulhinhas de trânsito se incorporam ao contingente.

O povo gesticula cá de baixo, pedindo calma à mulher lá em cima, que, agora, parece mais aflita. Talvez imagine que, dada a periculosidade dos bandidos, a polícia optasse por ações extremas, causando um banho de sangue na casa dela.

Só de pensar, se horrorizava. Conferia a porta, pedia calma às crianças, rezava com medo de virarem reféns, a televisão vivia mostrando isso. E se, no desespero, os homens arrombassem o quarto? E a polícia, sem conhecer o apartamento, será que não atirava nela e nos meninos por engano?

Espantada de como tudo de repente pode virar um inferno, voltou à janela, sinalizou que ela e os filhos estavam trancados ali.

E o marido? Coitado, podia estar na mão dos bandidos, sozinho, impotente.

No meio de tudo, um pensamento ruim: e se, no tiroteio, alguém fosse morto sobre a poltrona nova ou o tapete, um persa legítimo? Gastara tanto na decoração da sala, e num minuto ia tudo pro beleléu. Muitas coisas mais ela pensou – algumas de rara importância, outras banais.

Da janela, não podia ver direito. Mas um jovem oficial dava ordens enérgicas, parece que estavam cercando o quarteirão.

O porteiro, excitado, não entendia nada. Mas torcia para que viesse a televisão, ele dava entrevista, os parentes e vizinhos iam ver, até o povo dele lá no interior – que televisão, hoje em dia, chega a todo canto –, acabava ficando famoso, muita gente querendo saber como é que tinha sido, como é que não tinha.

Enquanto se preparava o acionamento do dispositivo para tomada do local e expulsão do inimigo – no caso, provavelmente, facínoras foragidos, que estariam colocando em risco a integridade física de uma senhora e de seus filhos menores, hipótese que estava sendo checada por todos os meios disponíveis – o velho e sua esposa, terminada a consulta no dentista, acabavam de descer as escadas do consultório e, na rua, tomavam conhecimento do ocorrido.

Com a tranquilidade que só os mais vividos podem ter, passaram pela pequena e agitada multidão e foram se inteirando do caso até tomarem conhecimento de que um vaso de flores, lançado do alto do prédio, atingira seu carro logo que eles saíram para o dentista. A velha senhora apenas comentou:

— Ainda bem que não pegou na gente, não é, meu velho?

Um freguês do restaurante tentou dizer que o vaso quase caíra na cabeça da vizinha, que varria o passeio. Mas eles seguiram, bem devagar. Pararam, repararam no capô amassado, nos cacos do vaso, na terra em cima.

Olharam-se sem uma palavra. Ele tirou a chave do bolso, abriu o carro e disse:

— Vamos embora. Nosso prejuízo foi menor.

O homem de bermuda e sandálias, sem entender a confusão, foi barrado à porta do prédio.

— Moro no 903 – explicou.

— Novecentos e três?! – repetiu o soldado.

Chamou o oficial, que conversou com o homem de bermuda, teimando em subir de qualquer jeito. Afinal, se sua família corria perigo, ele tinha de estar lá. Conversaram mais um pouco, o homem tirou um embrulhinho do bolso, mostrou ao oficial. Os dois pegaram o elevador, deixando mobilizado o dispositivo na entrada do edifício, quarteirão todo ocupado.

Na porta do 903, aberta, o orifício. Redondo, nítido, eloquente. Absolutamente comum, quase inocente. O homem fixou o cilindro, cujo segredo tinha ido trocar. Experimentou a chave, que rodou, macia, nos dois sentidos.

Dona Leontina, o Lara e o Leão

Conheci o Lara em 1959, no Champagnat. Entre Catilinárias e declinações, escolas literárias e figuras de estilo, Eça e Machado, tudo às carreiras, Roldão, Nivaldo e Delson regiam nossas aflitas esperanças de aprovação no vestibular de direito. Da Federal ou da Católica, que outras não havia.

Uma BH poeticamente provinciana, com *footing* e hora-dançante, bonde, sereno e dama da noite, recebia hordas de jovens do interior em busca de trabalho e futuro. E, naquela época, nada como um curso superior para garantir os dois.

Tempos atrás, tornei-me vizinho do Lara. Um dia, chamou-me à sua casa. Entre plantas e passarinhos, belos quadros de Eliana, ele percorreu a lista de nossos colegas, reconstituindo a caminhada de quase todos – de pequenas comarcas a altos tribunais, de prefeituras a casas legislativas. Alguns, como o Laércio Campos, fraterno amigo e compadre querido, partiram cedo. Na cidade já nem tão poética, o tranquilo José Geraldo morreu assassinado, mesmo após entregar o carro aos assaltantes, com chave, documento e tudo.

Aos nossos encontros, menos frequentes e mais breves do que eu gostaria, nunca faltaram afetividade e bom humor. Devo-lhe, por exemplo, o caso da velhinha que, na Semana Santa, prometeu comprar novas vestes para

Nossa Senhora das Dores, se alcançasse determinada graça, urgente e necessária. Prontamente atendida, mandou apreçar os mais finos cetins, veludos e sedas com que a Virgem se cobriria. Mas, pela altura dos preços, viu que nem por milagre juntaria o dinheiro necessário. Entre quebrar a promessa e abrir impossível falência, descobriu o singelo caminho do meio. Voltou à zeladora da paróquia e pediulhe que, indo à capital, olhasse alguma coisa mais barata. Solicitada a especificar melhor a encomenda, baixou humildemente as vistas e definiu:

— Ah, um artigo mais em conta, uma roupinha assim pra ela andar em casa...

Gosto de imaginar Nossa Senhora numa casinha simples do interior, varrendo o terreiro, soprando arroz, rodeada de passarinho, toda feliz com o vestido de chita dado pela amiga do Lara.

Ele foi o primeiro a mostrar-me a estonteante *Gramática expositiva do chão*, de um certo e ainda misterioso Manoel de Barros. Retribuí-lhe contando de Helena Meireles, velha bugra que teve filhos no meio do pasto, feito bicho, foi prostituta, tocou e cantou na zona e fez ecoar no estrangeiro sua voz e sua viola pantaneira antes que, por aqui, tomássemos conhecimento delas.

Meses atrás, encantado com a literatura de Moçambique, falou-me de Mia Couto e suas *Estórias abensonhadas*. Combinamos vários encontros, que me vi obrigado a adiar, embarafustado na indecisão de participar, ou não, do "Seminário Internacional Guimarães Rosa", promovido pela PUC. Estimulado por Lélia Parreira, acabei fazendo, na sessão de encerramento, um breve relato ao lado de Fábio Lucas, Rui Mourão e – imaginem! – do simpático, competente e também tímido Mia Couto, magnífico rebroto roseano em território das Áfricas.

O Lara é que não compareceu, apesar dos insistentes convites meus e da irmã Ivete, brilhante professora, por quem, aliás, soubera do autor moçambicano.

Mas, e dona Leontina, onde é que ela entra nessa lereia?

Bem, antes de dona Leontina e do Leão, ainda o Lara, amigos desde o cursinho pré-vestibular.

Em 64 ele formou-se em direito na Federal, referida na linguagem pomposa dos advogados como a "vetusta Casa de Afonso Pena".

Desde a época do Champagnat ele já trabalhava no Ministério da Fazenda. Por competência e esforço próprio fez carreira, aposentou-se como Auditor Fiscal.

São muitas as histórias (ou estórias, se preferirem) que ele conta. A da viúva de funcionário federal que, convocada a comparecer à repartição "com a maior brevidade possível", levou um belo embrulho de papel celofane, desculpando-se pelo tamanho da brevidade, pois não tinha forma de maior tamanho.

Aliás, cada pensionista precisava apresentar periodicamente um "Atestado de vida e residência", firmado por delegado de polícia, assegurando que "reside no endereço x e vive honestamente".

Pois dona Leontina, a do título lá no alto, é viúva e pensionista. Conheceu o Lara na repartição. Ficou amiga dele (coisa mais fácil do mundo) e confiou-lhe a importantíssima tarefa de fazer-lhe a declaração de imposto de renda. Assim, todo ano ela aparece com um envelope onde guarda com religiosa devoção todos os comprovantes da pensão recebida e os recibos das despesas que considera dedutíveis.

E não adianta explicar que está dispensada de enfrentar a sanha leonina – não só pela idade como, principalmente, pelo valor da pensão.

O Lara tem de examinar tudo e, sob a fé do seu grau, exarar a competente declaração, devidamente firmada e com a indispensável inscrição na OAB.

Então ela busca tudo, com certeza guarda sob sete chaves a preciosa garantia de mais um ano tranquilo.

E o ritual só termina dias depois com uma infalível compota – que o Lara recebe, agradece..., mas não come, pois não pode com açúcar.

Este ano dona Leontina disse que possuía apenas doze comprovantes, pois o 13° federal tinha atrasado. No envelope, porém, só colocou dois recibos de trinta reais cada, "relativo a serviço de lustração de um túmulo no Bonfim", repouso terreno do falecido.

Assim, embora ela continuasse isenta, o Lara julgou-se impedido de atestar esta condição, conforme o costume. Por isso não se sente merecedor da compota, que, aliás, não comeria.

Outro dia, achei-o encabulado, meio tristonho, como se algo muito importante lhe faltasse. Quem sabe uma compota, pensei. Ainda que só pelo gostinho de ganhar e agradecer.

Uma promessa no ar

Meu amigo Heros Jardim é um vizinho querido, ameno e bem-humorado. Os encontros em sua varanda, com prosa feliz, ótimo uísque, tornavam inesquecíveis as tardes de sábado.

Amaziles, companheira de longa vida, costuma dizer que namorou um advogado, ficou noiva de um promotor e casou-se com um juiz. Aposentado, Heros tornou-se assessor no Tribunal Regional do Trabalho, até que resolveu curtir o merecido ócio cultivando amigos, acompanhando a vida dos filhos Francisco, médico, e Mateus, desembargador.

Na primeira comarca do marido, Amaziles ofereceu a mesma refeição da família ao mendigo que lhe pedia resto de comida. Mas exigiu que ele viesse sempre à mesma hora, para não tumultuar a rotina da casa. No princípio, a boa novidade funcionou bem para todos. Mas, quando ele começou a atrasar, a não aparecer, ela ficou brava, lembrou-lhe o trato da pontualidade. O homem elogiou o bom coração da esposa do juiz, falou que nunca tinha sido tão bem tratado, agradeceu muito, pediu desculpa pelo que ia dizer, e desembuchou:

— Assim, com tanta exigência, não vai me interessar, não.

Numa outra comarca, havia um médico com quem um senhor da roça o confundia. Quando o viu, perguntou:

— O senhor é o doutor médico, né?

— Não, o juiz. – respondeu Heros.

Confuso por não distinguir os dois doutores, o roceiro falou:

— Eta parêia, sô!

Heros costumava sair com amigos pelo interior, colhendo depoimento de supostas testemunhas de avistamento de discos voadores, genericamente conhecidos por óvnis ou ufos. Perto de Vera Cruz, na Serra do Cipó, uma senhora relatou seu pânico ao ser perseguida por objetos luminosos, em forma de charuto. Contou que, apavorada e sem fôlego, enfiou-se numa moita, onde ficou um tempão, feito nhambu.

— Feito nhambu? – indagou um dos pesquisadores.

— É. Cabeça no chão, bunda pra riba.

Outro, olhando o gravador, perguntou:

— Esse é o aparêio de chamar disco voador?

Certa ocasião, registrando um relato, indagou ao depoente quantos filhos tinha. Sério, o homem foi contando, dedo por dedo, como se lembrasse rostos e nomes. De repente, perguntou:

— Os particular também conta?

Dia desses, meu amigo apareceu para rápida visita, trazendo-me dois outros presentes: um livro e uma excelente história de que foi protagonista. O livro é *O autor das Cartas Chilenas*, em que Arlindo Chaves, seu sogro, em minucioso estudo estatístico, se propõe provar ser Alvarenga Peixoto o autor da famosa obra. A historinha, que trouxe com o livro, é a seguinte:

Com treze para catorze anos, Heros já era locutor da "Rádio Mineira", que funcionava no porão do edifício manuelino que hoje abriga o Centro Mineiro de Moda, na esquina de Bahia com Augusto de Lima. Apresentava as crônicas de Fritz Teixeira de Salles, talentoso escritor e bravo militante do Partido Comunista Brasileiro, o PCB, depois chamado "Partidão". A partir dos dezoito, quando se firmou profissionalmente, irradiou partidas do campeonato mineiro de futebol.

Dona Nininha, sua mãe, sonhava vê-lo nas alturas, na "Rádio Tupi" ou "Nacional". Um dia, informada de que Ary Barroso estava na cidade, hospedado no Grande Hotel (onde é hoje o Maletta), colado na "Rádio Mineira", ligou para o hotel e convidou o famoso compositor, radialista e diretor da poderosa "Tupi" para ouvir seu filho apresentando uma crônica.

Ary foi, ficou no aquário em companhia de Alberto Deodato e Josafá Florêncio, diretores da rádio. Ouviu atentamente. Depois, elogiou a voz, a dicção, a entonação do jovem locutor, previu para ele um grande futuro profissional. Mas observou:

— Sua voz ainda é fina. Quando ela engrossar, ganhar mais personalidade, é só me procurar. Seu lugar na "Tupi" está garantido. – E ainda arrematou. – Promessa é dívida!

Quatro anos mais tarde, em viagem ao Rio, Heros passou com dona Nininha em frente ao número 43 da Avenida Venezuela. No segundo andar, funcionava a PRG-3, "Rádio Tupi". Lembrou-se da promessa, resolveram procurar Ary Barroso.

Atencioso, o compositor reconheceu o jovem visitante, recordou-se da promessa feita, mas disse, penalizado:

— Quando sua voz era fina, eu falava grosso na "Tupi"; agora que sua voz engrossou, eu falo fino aqui.

Ruim para o rádio brasileiro, bom para a Justiça mineira.

As novilhas do doutor

Aposentado da Secretaria de Saúde, doutor Ephigenio candidatou-se a prefeito de Oliveira. Voltava à terra e queria fazer alguma coisa por sua gente, além de dar vazão à inesgotável energia.

Eleito, trabalhou sem parar, brigou muito – ele só funcionava movido a paixão –, mas teve incontáveis momentos de ternura e alegria.

Tinha trocado a casa do Sion pela fazenda do doutor Cicinho, agarrada na cidade. Lá, descansava da labuta, reunia a família nos fins de semana, acompanhava o compasso da natureza na lida do curral, na plantação em volta, nas árvores frutíferas do quintal, no canto dos passarinhos, nas borboletas – cor e movimento fervilhando junto ao corguinho da chegada ou misturadas às flores de dona Maria Helena.

Terminado o mandato, recolheu-se ao pijama, robe e chinelo, curtindo tramas e mistérios de Agatha Christie, vendo alguma novela na televisão e escrevendo saborosas crônicas para a "Gazeta", do que, infelizmente, acabou desistindo.

Um dia, cansado de amolação com retireiro, preço do leite, custo dos insumos, resolveu repartir as terras. A sede ficou com Beatriz e Teninho. Vendida ao Rubinho, Zé Antônio depois quis comprar, mas ficou indeciso. Aí o doutor entrou em cena, só pra dar um quinau nele, "ensinar como se faz negócio": comprou do Rubinho e revendeu ao Guima, que nesse tempo era jornalista em São Paulo e andava doido, como a Beroca, por uma experiência na roça.

De novo sem terra, mas vendo o entusiasmo do pessoal, o doutor resolveu dar duas novilhas no Natal para cada filha – as ephiguetes, como diziam os genros, caçoando: Bethania, Beatriz, Bernadete, Berenice, Berta e Betsaida. Mais o Zé, caçula e único filho homem, que de José só tem o apelido, pois chama-se também Ephigenio, e, naqueles idos, estudava para ser médico, como o pai.

Feita a doação natalina, sobraram ainda muitas novilhas, para as quais não havia pasto. Com novilhas e sem pasto, o doutor ficou que nem o jacaré da cantiga, que comprou viola, não tem unha pra tocar. Ou, se preferirem o outro versinho, comprou cadeira, não tem bunda pra sentar.

Aconteceu que, influenciado pela animação dos concunhados, Zé Antônio resolveu formar pasto. Aí, comprava mais umas novilhas, podia tirar seu leitinho, trazer um queijo fresco pra cidade. Depois de muito pesquisar, colher opinião dos mais práticos, escolheu o que lhe disseram ser o tipo certo de braquiária, a coqueluche do momento. Quando o capim foi nascendo, disseram que era preciso pisotear. Mas o gado dele estava no "Boi Parido", onde Teninho criava, então, suas vistosas pitangueiras. Era longe, não compensava o carreto.

Lembraram, então, das novilhas do doutor. Era sopa no mel. Na hora do almoço, resolveram sondá-lo. Ele foi curto e grosso:

— Vaca minha não come braquiária. Isso é invenção de tecnocrata que não tem o que fazer. Capim que gado gosta mesmo, só os antigos: meloso, jaraguá, amargoso. O resto é copiação de moda.

Desistiram, não adiantava teimar.

Capim brotando, nada de gado pra pisotear, Zé Antônio deixou as coisas correrem. Era até um modo de testar a teoria do pisoteamento, ver o que acontecia sem ele. Por coincidência, passou um bom tempo sem os aprendizes de fazendeiro se encontrarem. Mas a braquiária do Zé Antônio estava na cabeça de cada um.

Quando, finalmente, voltaram a se reunir, cada um chegou com uma sugestão. O doutor ouvia, calado. No fim, propôs uma ida coletiva dos genros ao pasto do Zé Antônio.

Lá, para surpresa geral, encontraram as novilhas do doutor – vistosas, pastando e pisoteando viçosa braquiária. Comentaram o jeito do sogro e, na hora do almoço, tocaram no assunto com ele.

— O senhor falou que vaca sua não comia braquiária, mas elas estão bem pastando...

Ele deu de ombros, mas não deu o braço a torcer:

— Comer, come. Mas come de cara ruim.

Formigas e taiobas

Meu tio-avô Tonico Machado, fazendeiro em São Tiago, era muito sistemático, apressado e resmungão. Certa vez, chamado de orgulhoso por não beber café na casa de um empregado, apeou do cavalo, aguardou na maior impaciência a caprichada preparação da rubiácea, incluindo torra e moagem, e tomou um bule inteiro para compensar a espera.

Um dia, na farmácia do Henrique Pereira, tio Tonico e Assis, parentes próximos e muito amigos, conversavam sobre a vida e a lida. Ao lado, Juarez, jovem estudante, filho do Assis, apenas escutava. Tio Tonico reclamava dos preços, da roubalheira na política, do tempo (seca, geada ou chuva), da vadiagem do povo, que só queria bater perna e beber pinga, da dificuldade de arrumar empregado que prestasse. Ultimamente, a peleja era com as formigas, que comiam tudo quanto era plantação e não havia jeito de acabar com elas.

Calado, Juarez acompanhava tudo. Estudante de agronomia, entusiasmado com os avanços da pesquisa científica e tecnológica, discordava do meu tio-avô. Tomou coragem, limpou a garganta como quem pede a palavra. Então, explicou, com detalhes, exemplos e muita convicção, que havia produtos muito bem testados e cem por cento garantidos no combate às formigas.

Com rara paciência, tio Tonico ouviu os argumentos do jovem parente, para logo rebatê-los, dizendo que nada podia com formiga, qualquer um sabia que a saúva estava a ponto de acabar com o Brasil. Alterando a voz, disse a Juarez:

— As escolas, coleadas com laboratórios, enchem a cabeça de vocês de besteira, todo mundo acredita e passa adiante. Representante de laboratório não entra lá em casa. Seu pai mesmo proibiu, escreveu lá na porteira, com cada letrão deste tamanho!

Acabada a conversa, cada um voltou para casa, tocou a vida. Tio Tonico, certo de que não havia remédio para as formigas, continuou resistindo aos produtos recomendados pelo jovem estudante e mantendo a proibição aos representantes de laboratório. Juarez, que logo se formaria, continuou acreditando na pesquisa aplicada ao trabalho da terra. Só uma coisa mudou. Toda vez que um passava pelo outro, tio Tonico, contrariando seu jeito casmurro, abanava a cabeça e perguntava ao Juarez, meio maroto:

— E as formiga, hein, parente?

Vamos, agora, às taiobas.

Ilustre amigo meu, vitorioso empresário com altas passagens pela vida pública, falou-me de seu gosto por taioba. E contou que, depois de inaugurar obra na escola de Morro do Ferro, meu querido presepinho no alto da colina, saboreou caprichada porção de taioba no almoço que Tonha lhe preparou. Com enorme prazer, repetiu várias vezes e, quando lhe ofereceram mais – era só apanhar na horta – nem chegou a responder. Enquanto pensava, já estavam refogando.

Eu lhe contei de seu Ibirité, motorista de táxi com ponto no quarteirão de cima. Enfrentou barro e buracos sem conta para pagar seu caminhão, que um dia foi roubado. Sem seguro, jamais conseguiu revê-lo. Seu Ibirité deu duro de novo até comprar um táxi, de onde acompanha a correria do povo, a falta de paciência, o perigo de perder a vida numa briga de trânsito, numa ultrapassagem malfeita, numa esbarradinha à toa. Solteirão e solidário, curte a filha e o neto adotivos e o sítio em Ibirité, de onde lhe veio o apelido. E nos trouxe, certo dia, enorme caixa de taiobas – tantas e tão grandes que custei a dar cabo delas, mesmo repartindo-as com a vizinhança.

Tempos depois, Kátia, minha esposa, para puxar conversa, perguntou:

— E as taiobas, hein, seu Ibirité?

No outro dia ele apareceu com outra baita caixa, verduras logo presenteadas aos vizinhos do andar, duas gigantescas folhas para cada um.

Quando olhei o que ainda sobrava, lembrei-me de meu ilustre amigo, ex-secretário de Estado, vitorioso empresário. Liguei indagando para onde poderia mandar-lhe uma encomenda. A secretária perguntou quem desejava, de onde era, se podia ajudar. Identifiquei-me, falei das taiobas e ela não pareceu abalar-se com tema tão prosaico. Profissional e eficiente, pediu meu telefone, logo retornou a ligação. O professor agradecia muito, mas encontrava-se fora da cidade e lamentava não poder receber minha lembrança.

Quando nos encontramos, ele disse que havia se separado, estava sem cozinha funcionando em casa, por isso não pudera aceitar as taiobas. Mas providenciara uma lembrança para mim.

Dias depois, chega à portaria um Casillero del Diablo, que tanto aprecio. Junto, cartão do meu amigo, dizendo que o vinho era para acompanhar as taiobas. Receoso de ser inundado por outro dilúvio de verduras, optei por acompanhamento mais seguro. Degustei o Casillero na pachorra do lar, coração agradecido ao gentil amigo. Tão gentil que retribuiu com saboroso vinho as taiobas que nem chegara a ver.

Lembrei-me, a propósito, do maior elogio à beleza de uma moça nos tempos de tio Tonico Machado: "É um pingo d'água na folha de taioba". Só quem já viu, pode saber.

Os políticos de antigamente

Nesses tempos de eleições informatizadas, resultados quase instantâneos, vale a pena lembrar da velha política nos grotões do nosso Brasil rural.

Tio Antônio Carvalho, ardendo em febre cívica, pasta com resmas de papel almaço, dúzias de penas reluzentes, alguns tinteiros, embrenhava-se pelas fazendas e povoados qualificando eleitor, de olho na vitória da UDN, do brigadeiro Eduardo Gomes, herói do forte de Copacabana e paladino da nascente democracia que esperávamos ver brotar entre os escombros do Estado Novo. Passada a campanha, tio Antônio recebeu um agradecimento do Brigadeiro. Brandindo o telegrama, naquela época obrigatoriamente manuscrito, gabava-se:

— De próprio punho! De próprio punho!

A chamada qualificação, termo usado com surpreendente intimidade em circunstâncias pré-eleitorais, consistia em obter a assinatura do eleitor em requerimento escrito pelo cabo eleitoral, que, depois, voltava trazendo os títulos e controlava o voto. "Bordar (ou desenhar) o nome" era torturante experiência. O pobre roceiro, acostumado ao cabo da enxada ou do machado, ensopava a camisa no aperto de manejar aquele pauzinho de nada, a pena de metal na ponta. Mão pesada, dedos calosos, era um custo seguir as instruções do cabo eleitoral, temporariamente convertido em mestre-escola:

— Sobe! Mais um pouquinho. Aí, chega...

Frouxo naquela peleja, ele descansava a mão sem querer, a pena ringia, abria a ponta. Aflito, completamente desnorteado, o infeliz pedia socorro:

— E agora, pra ondé que eu vou?

Coração doendo por outra pena estragada, o instrutor, mais cansado que peão de burro chucro, às vezes perdia as estribeiras e soltava um:

— Vai pro quinto dos infernos! – ou coisa pior.

O dia da eleição era uma tourada, eleitores mais desprevenidos disputados à unha, chefetes prometendo ou ameaçando, trocando marmitas (conjunto de cédulas que podiam chegar a mais de uma dezena), um tormento que parecia não ter fim.

O filho de conhecido fazendeiro, obrigado a trocar sua marmita antes de chegar ao Grupo Escolar, onde estavam todas as seções eleitorais do distrito, foi severamente repreendido pelo pai, avisado às pressas e envergonhado com o papelão do rapaz. Depois de confessar a troca, gabou-se:

— Aquelas eram de barganhar; as de votar tão aqui na gibeira de trás.

Em Santo Antônio da Cachoeira, um fiscal impugnou o voto de um adversário, ambos eleitores na mesma seção eleitoral. Solicitado a apresentar o motivo da impugnação, disse que o impugnado votara mais cedo, na outra escola.

— Como é que você sabe? – indagou o presidente da mesa.

— Eu também estava votando lá. – disse o impugnante, confessando igual delito.

Uma vez, passando férias no interior da Bahia logo após as eleições, perguntei como andava a apuração.

— A eleição, mesmo, já foi apurada. Agora só falta os fraude. – informou-me, com pachorrenta naturalidade, o vendedor de coco.

Em Santa Maria do Passa Dois, Marquinhos Pé de Vento, ativo microempresário do setor de transportes, elegeu-se, sucessivamente, vereador, presidente da câmara e vice-prefeito. Indagado sobre seus planos futuros, respondeu, confiante:

— Quero ver se pego o lugar do bitelo.

Para quem não sabe, "bitelo" é "baita", "maioral", ou seja, o próprio prefeito em pessoa. Sendo a reeleição vedada àquela época, Pé de Vento era o candidato natural. Uma vez "bitelado", fez alianças, ampliou contatos, viajou atrás de verbas a fundo perdido, cresceu tanto que despertou a cobiça dos adversários. Resultado: para reeleger-se, teria de enfrentar o padre, com seu sagrado poder, oratórias e retóricas, irmandades e confrarias. O recurso era demonstrar prestígio, exibir alianças. Conseguiu urgentes audiências na capital, exibiu listas de pedidos para os mais diversos setores, fez romaria por todas as repartições. Tudo com o indispensável empenho do doutor Frederico Pamplona, filho da terra e influente deputado pela região. Para o padre, queria resolver cada item às carreiras. Para alguns, a resposta era rápida, até por telefone podia saber. Os mais importantes, de peso decisivo, só em 15 dias, um mês. Pé de Vento, sentindo o padre no calcanhar, botou as mãos na cabeça, arregalou olhos e vocalizou em altos brados o seu desânimo:

— Pelo amor de Deus, gente. Nesse meio tempo, o padre me lambe!

De tão aflito, o pobre acabou desacorçoando de bitelar pela segunda vez.

Mas, voltando aos tempos de antanho, dia de eleição era também festa pura, farra de viajar em carroceria de caminhão, sacolejando na poeira, comer de graça, ir ao comércio, aquele feriado sem missa, uns votando por obrigação, outros querendo ir à forra, acertar velhas contas. O povo se esmerava, exibindo a roupinha reservada para dias de mais cortesia. Os bem de vida passavam água de cheiro, até gravata penduravam no pescoço, como se fosse tempo de missões, cerimônia de casamento ou domingo de missa.

Em quadras mais remotas, rivalidades eram mantidas a ferro e fogo, misturando brigas políticas com disputas entre famílias, tudo podendo requentar-se a qualquer momento, perigo de pegar fervura e derramar. Namoros entre adversários eram suspensos até a temperatura baixar.

Um foguetório, por exemplo, era tradicional forma de provocação e canto de vitória. Zeca Dentista, udenista de papo amarelo, estava tão certo da vitória em Palmital de Baixo que comprou um caminhão lotado de foguete encomendado pelo adversário e levado por engano à sua casa. Foram dias e noites de foguetório, com gente só por conta de fazer mira e mandar tiro em cima do perdedor, do outro lado da praça, a qualquer hora do dia ou da noite.

Em São Pedro da Laranjeira, depois da apuração, um roceiro levou dez pontos na barriga, por causa de uma facada. Por fora da política, entrou num boteco justo na hora em que uma turma enchia a cara. Quando alguém propôs um viva ao chefe, o pobre roceiro gritou, todo animado:

— Viva o Brigadeiro!

O outro, de faca em punho, esbravejou:

— Deixa de ser burro, sô! Nosso chefe é o Getúlio Vargas!

Daí a explicação da desavisada vítima ao médico que o atendeu:

— Foi um viva errado que eu dei, doutor.

Agora, no tempo em que palavra dada era palavra empenhada; na época em que fio de barba era documento, tudo tinha uma pompa e solenidade que imperavam, acima dos conchavos e cambalachos feitos debaixo do pano. Meu amigo Oto Jacó, quando subsecretário de Planejamento, foi um domingo a Matozinhos, levado por Edmur

Fonseca. Conversa vai, conversa vem, um velho político local intervém:

— O senhor é novo, mas já deve ter ouvido falar do Jequitibá, do antigo Partido Republicano Mineiro, o PRM de Artur Bernardes, legítimo baluarte. Porque eu vou contar pro senhor. Essa política de hoje em dia é uma vergonha. Políticos finório era os de antigamente. Homens que sabiam ler nas estrelinhas!

Vó Bilu

No seu tempo de criança, nem perto de escola menina passava. Se o pai podia, desasnava os marmanjos, que moça sabendo ler e escrever era o maior perigo. Quando o mestre-escola vinha tratar o serviço, o fazendeiro definia:

— Pra ficar na roça, basta o LEC. Mais que isso é jogar dinheiro fora.

Para quem não sabe, LEC é "ler, escrever e contar".

Mas Umbelina madrugou na leitura do mundo e das coisas que nele estão. E, mesmo analfabeta, gostava de poesia. Criou família, virou a Vó Bilu de muitos netos e netas, competente animadora de saraus. Reunião de família, sem declamação, nunca! Coroação, batizado, casamento, nem se fala.

Louro, a bem dizer, era um parente. Lá do poleiro, via as moças ensaiando, ia aprendendo. De Ascenso Ferreira e sua "A Cavalhada", engrolava: "Fitas e fitas, fitas e fitas: roxas, verdes, brancas, azuis". De Drummond, sempre a mesma pergunta, mil vezes repetida: "E agora, José? E agora, José? E agora, José?".

No galinheiro havia um pé de laranja, um de mexerica e um de goiaba, xodós de Vó Bilu. Ninguém tinha ordem de tirar fruta antes do tempo. Se alguém chegava e pedia uma mexerica, ela dizia: "Não, tá de arear tacho ainda". Só bem madura, casca fininha, ela deixava. E, para garantir o cumprimento de seu decreto, Maria vigiava. Um dia, dona

Umbelina resolveu conferir as mexericas. Mal abriu a cancela, o Louro, lá do poleiro, abriu o bico: "Maria! Maria! Ô, Maria!" Vó Bilu ficou uma arara:

— Cala a boca, seu cachorrão! A mexerica é minha. Tem nada de chamar Maria pra me cuidar não, seu vagabundo!

Das incursões da avó ao galinheiro ficou também o caso do galo, muito bravo, avançando nela. Nervosa, ela gritou, em voz de alta autoridade:

— Sai pra lá, Crochó! Sai, Crochó! – Poderoso xingamento que ela repetia sempre, embora ninguém (nem ela própria) soubesse o que significava.

O quarto de Maria era do lado da despensa, onde dormia o papagaio. Se dava sete horas e o café não vinha, ele começava: "Maria! Maria! Café pro Louro, Maria!" Se ela demorava, ele esgoelava, pra todo mundo ouvir: "Cê já tomou café, Louro? Cê já tomou café?". Só parava quando Maria o tirava do poleiro, botava lá fora e dava pão molhado no café.

Domingas, a empregada, vivia falando do papagaio. Arremedava o Louro cantando: "Veado no mato, corredor: cachorro nele, caçador! Rau, rau, rau! Sai cachorro. Rau, rau, rau! Sai cachorro.". O moço achou tanta graça que ela apresentou uma segunda atração: com a língua grossa e os devidos trejeitos, cantou: "Acorda, Maria Bonita! Acorda e vem fazer o caféééé!...", "o cafééé" lá em cima, agudo, comprido e fanhoso.

Tanto o namorado pediu que ela resolveu levá-lo. Mas o Louro vivia no quintal, não tinha costume de sair de casa. Ainda mais de noite. Mesmo assim ela botou o bicho no dedo e foi namorar. E ela:

— Ô, Louro, canta pra ele, canta, Louro!

Ele, nada. Ela insistiu, insistiu, finalmente resolveu ajudar puxando: "Currupaco-papaco, a mulher do macaco, ela pula, ela dança...". E ele, calado, o moço esperando. De repente o olho do bicho mudou de cor (mudava sempre que ele tinha raiva: alaranjado, vermelho, alaranjado, vermelho...), começou a rodar nas órbitas, feito alucinado corrupio. Arrepiado, asas em arco, rijas, ameaçadoras, ele olhou bem firme para Domingas e lascou, antes de recolher-se a furibundo e definitivo mutismo: "Fedaputa! Fedaputa!". Foi a primeira vez que ele xingou alto. Antes, com as meninas, ele xingava baixinho, para ninguém ouvir.

Na família, nascia um, fazia um cartão com Thiago de Mello. Tipo: "Vida, casa encantada, te quero assim verdadeira, cheirando a manga e jasmim.". O de Pablo, filho de Mariângela, dizia: "Eis aqui minha vida, pronta pra ser usada...". Pra Jussara, também foi texto de Thiago. As mais velhas tinham o Clube Literário Domingos Diniz, homenagem ao tio e patrono. Liam muito, viviam declamando. Thiago era importantíssimo. Adélia foi lá, Ângelo Oswaldo, Iglésias, Laís e Affonso Ávila, Wilson Pereira. Em dia de semana, debaixo do pé de abacate, ouviam Domingos cantar a Traviata, solfejar uma ária de Carmen enquanto fazia a barba.

No casamento de uma neta, Vó Bilu decidiu:

— Ó, chega de Thiago de Mello! Tá todo mundo enjoado, ninguém aguenta mais esses "verdinhos", "lilazinhos", "ternurinha". Pode acabar com isso.

Ângela estudava em Goiânia, trouxe um texto de Gil Vicente. Discutido no clube literário, resolveram apresentá-lo no sarau, após indispensável aprovação superior.

Tempos depois dona Antônia e as filhas Marilu, Ângela, Sávia e Martha, trabalhando sobre o risco do Demostinho, inventaram de bordar juntas. Uma fazia o chão, a outra fazia o céu e passava para a seguinte, que cuidava das casas (ou das árvores, por exemplo). E assim, reencontradas num território de arte, afetos e lembranças, repetiam coletivamente o trabalho da mãe, reviviam a infância, o Boqueirão. Mãos, corações e gestos multiplicados entre direitos e avessos, busca de perfeição, a corda bamba entre trabalho e vida, limites desafiando, o tempo fluindo na ponta dos dedos em rastro de linha e cor.

Foi então que veio a ideia de "bordar" histórias, igual a mãe fazia em fronhas, viróis e barras de vestido. Só que em ponto maior, com mais enredo e desenho. Assim vieram também quadros e livros. De Ângela, Sávia, Ziraldo, Rubem Alves e Carlos Brandão, de Thiago de Mello e Manoel de Barros.

Quando encontraram Thiago para bordar o livro dele, revelaram a antiga paixão por sua obra, falaram dos saraus de Vó Bilu, dos convites e participações usando poemas dele, do papagaio declamador.

Entusiasmado, o poeta queria saber tudo, cada vez mais. Foi quando, constrangidas, chegaram ao veto de Vó Bilu.

— E ela me trocou por quem?

— Por Gil Vicente.

Entre perplexo e intrigado, o poeta indagou:

— Mas vocês não tinham dito que ela era analfabeta?

Bonitas botinas

[- Ê, botina! Quanto mais velha, mais fina!]

Na infância, que já vai longe, mas sempre me acompanha, eu ficava de olho nas gomeiras velhas do meu avô e dos meus tios. Do elástico já bem relaxado, eu pegava quatro gominhas meio soltas, aparava um caco de cuia, fazia quatro pequenos cortes de cada lado e fixava neles as gominhas. Então, afinava a violinha, esticando cada corda de um jeito. E assim, me sentia parte do animado conjunto formado por meus tios e empregados da fazenda. Para o programa "Feito em casa", na "Rádio Inconfidência", comandado pelo amigo Miguel Resende, busquei na memória daqueles serões o samba Carmelito Ingrato, inspirado no célebre Caminito, de Gabino Coria Peñaloza e Juan de Dios Filiberto, imortalizado na voz de Carlos Gardel, desde 1926, versão brasileira gravada por Carmélia Alves, em 1942.

Meu fraterno saudoso amigo Eduardo Almeida Reis, recentemente falecido, noticiou certa vez em sua coluna *Tiro & Queda* que na Fernão Dias, perto de Oliveira, havia excelentes botinas por menos de setenta reais. E propôs que meu irmão Demóstenes lhe comprasse um par, favor que ele retribuiria com a recomendação da cachaça Boi Parido, que correria mundo em sua coluna, lida *urbi et orbe*. A matéria, ilustrada com a figura de Eduardo quase submerso num tsunami de botinas, era já uma retribuição adiantada da encomenda. Como Demóstenes, depois de muito procurar, não localizou o botineiro na região, assumi a dívida. Eu já andava de olho em bonitas botinas de cano curto, maciíssimas, com um zíper de cada lado, numa loja do shopping. Número 44, no entanto, não havia nem pra remédio. Encomendei dois pares – um preto, outro marrom –,prometidos para dali a um mês. A encomenda, fabricada no Rio Grande do Sul, não chegou no prazo e Eduardo quis desistir. Mas já haviam cortado o couro, faltava apenas montar. Depois de muitos telefonemas, e prazos prorrogados, levei três longos meses para cumprir o trato. E aproveitei para me presentear com dois pares, tudo no cartão, três vezes sem juros. Ontem mesmo usei o par marrom. Gosto delas – macias, confortáveis, evocativas. O problema é que já não há mais engraxates para o indispensável lustro. Outro dia, encontrei um nas imediações da Praça Sete, agora transformada num misto de mercado persa e pátio dos milagres. Estou fazendo véspera de juntar a sapatalhada e levar lá, tudo de uma vez, pechinchar preço de atacado.

Por falar nisso, me contaram que um sujeito veio do interior para um casamento e chegou aqui com os sapatos imundos. Indicaram-lhe um dos últimos engraxates da cidade, na galeria de um prédio no centro. Era sábado, o profissional já estava juntando sua tralha, olhou o freguês com má vontade. Fazendo de bobo, o jovem encarapitou-se na cadeira, disposto a uma generosa gorjeta. O engraxate bateu os olhos nos calçados sujos e arrepiou:

— Sapato sem cadarço eu não engraxo. Esse trem não dá lustro, depois vão falar mal do meu serviço. O senhor me desculpe, moço, mas tenho de zelar pelo meu nome.

Em São João das Taiobas, a festa do padroeiro começava de véspera, com fogueira, levantamento de mastro, ladainha, espetáculo pirotécnico, e continuava no dia seguinte, com alvorada, missa, leilão, foguete, procissão. Dinheiro da colheita no bolso, o povo da roça exibia roupa de ver

Deus, os homens mandavam fazer botina nova. Martiniano foi com a sua no embornal, só calçou depois do último corguinho. Na volta, tirou as botinas, guardou na capanga. E foi andando, cabeça na lua, lembrando cada minuto daquele dia especial, pensando no bonito que tinha feito com sua botina ringideira de vaqueta legítima. Deu uma topada num toco, arregaçou cabeça do dedão. Chiando de dor, parou, esperou a coisa melhorar. Aí, falou, aliviado:

— Ainda bem que eu tirei a botina nova!

Em recente viagem ao Nordeste, conheci Cassiano e Isabel, gaúchos residentes no Mato Grosso, ambos no segundo casamento. Ela dirige o principal escritório de contabilidade da região, ele é próspero sapateiro. Falamos de vaqueta, pelica e atanado, da preferência de muitos por botas de couro cru, que dispensam graxa e escova. Quando quis saber a ciência da botina chiadeira, ele deu uma resposta enviesada:

— Quando passa alguém com a botina rinchando, o povo fala: "aquele ali tá usando sem pagar". – E completou. – Diz que é só pagar que ela para de chiar.

Contei-lhe o caso da topada que quase arrancou o dedão do pé, ele retribuiu com a história do sujeito que, tendo comprado uma botina apertada, levou-a para trocar. Calçou, andou pra lá, andou pra cá, sentindo a diferença, o calo agradecendo. Para evitar dúvidas, o dono da loja falou:

— Agora, vai ali no espelho e dá uma olhada.

O homem morava num lugar muito ermo e sem recurso, nunca tinha visto um espelho na vida. Mas não deu o braço a torcer. Percebendo o ar de dúvida do freguês, o comerciante apontou a porta, logo adiante. Ao passar por ela, o homem deu com um roceiro de botina nova. No espanto da surpresa, indagou:

— Sua botina também tá apertando?

Visita ilustre

Pro Ambrósio, era Deus no céu, doutor Epaminondas na terra.

Médico e prefeito, o doutor nunca deixou de frequentar as Palmeiras. Sempre que podia, vinha espairecer, às vezes emendava um feriado, tirava folga maior. Dava gosto ver o jeito dele, bebendo leite quente no curral, reparando canto e cor de passarinho, chuchando laranja com vara de bambu, subindo em pé de jabuticaba, trepando até as grimpas que nem menino. De tardinha, no alpendre, proseava com os empregados, especulava, pedia definição de tudo. Adorava caso de Caboclo d'Água virando barco ou espantando peixe, Mãe d'Água encantando pescador, Romãozinho jogando estrume em prato de comida. Ou, então, ver o povo dançar lundu, carneiro, cateretê. Os olhos brilhavam, esquecia da vida.

Agora, paixão mesmo era pescaria. Pegava barco, tralha, matula, sumia. Uma vez, saiu com a barra do dia, voltou tardão da noite. Botou o povo de cabelo em pé, mas, passado o susto, valeu a pena o contentamento dele.

Eleito deputado, aparecia, de raro em raro, às carreiras, a conta de matar saudade, nem apanhava gosto direito. Ambrósio tinha pena daquela correria, falava de borboleta sem pouso, ave que perdeu o ninho.

De repente, a novidade: o doutor ia chegar, passar uma semana nas Paineiras! Queria barco, tralha, mais Timóteo por conta dele.

Dona Carmelita, aperrengada na cidade, ficou sentida de não receber o ilustre hóspede. O marido disse que ficasse sossegada, Timóteo e Cida davam conta do recado. Qualquer coisa, ele estava lá, tomava providência.

Perto do dia marcado, mataram porco, fizeram linguiça, chouriço, assaram pernil, como ele gostava. Na véspera, lenha no forno de barro, foi aquele mutirão, quitanda de toda qualidade, receitas para o dia da festa.

Ambrósio tinha planejado tudo, fazia questão de ficar por conta do amigo.

Mas, como diziam os antigos, o homem põe, Deus dispõe. Na hora H, um vizinho mandou recado urgente. Questão de um bezerro atravessado, perigo de perder sua melhor vaca e a cria. Ambrósio, prático nessas coisas, fizesse a caridade de sua ajuda.

Afobado, ele chamou Timóteo e disse:

— O doutor, cê sabe, está pra chegar. Se eu não tiver voltado, diga que não demoro. Vou num pé, volto no outro. Pega as coisas dele, bota no quarto de hóspede. Confere se a Cida arrumou sabão e toalha nova. Felpuda, tá certo?

Enquanto ia andando, quase correndo, chave do jipe na mão, explicou:

— O doutor vem numa cabine dupla vermelha, turbinada. Não preciso repetir: fica por conta dele, viu? É meu melhor amigo, ouro puro.

Nem precisava falar: o capataz conhecia o xodó do patrão com o doutor. Assustado com aquela responsabilidade toda, bebeu-lhe palavras e gestos. Esperou-o até ligar o jipe, podia ter ainda alguma instrução. Quando ele ia arrancando, Timóteo fez um sinal de mão, pedindo para esperar. Então, perguntou, aflito:

— Patrão, patrão! E se ele não vier, o que que eu faço?

São Francisco rio abaixo

No primeiro encalhe, perto de Ibiaí, a gente achou que era coisa à toa, logo desagarrava. Mas fomos ficando, quem sabe encantados pelo marulho da correnteza, na picardia de um cabelo da Mãe d'Água, na presepada de um Nego d'Água, sem o que fazer, os vapores parados de correr, as cantigas dos remeiros há tanto silenciadas...

A tripulação, homens treinados a lidar com o rio e seus mistérios, saiu de bote, mediu profundidades, tateou rastro do canal perdido, depois ligou o rebocador a toda, na inútil trepidação de máquinas, cordas e cabos. Finalmente, rezou reza decorada, esquecida ou inventada, ali no sojigamento da precisão, aflição sem nunca não querer esbarrar, apelando para São Francisco, padrinho do rio, irmão da água, da terra, do fogo e do ar.

Enquanto isso, cantava-se. Principalmente Frei Xico, Josino Medina com sua violinha-menina embarcada pelas mãos do Rui e enleada de seduções. E lembrava-se do lundu, do carneiro, do gambá e da margarida de Pirapora, as alegres moças de São Gonçalo, os três cegos jurando terem visto o amor deles no meio do canavial. De tanta boniteza, os rostos deles transfiguravam-se no esquecimento de congênita cegueira, pai e filhos irmanados.

E Frei Chico, batendo alegrias no violão, indagava do canoeiro o que é que trazia na canoa."Truxe ouro, truxe prata, truxe muita coisa boa", ripostava. E ainda jurava ser negociante, ser principiante, "comprador de gado e de diamante".

E a gente, quase esquecido do encalhe, chegou a São Romão com trinta horas de atraso. Mesmo assim, porque o comandante Nestor, no escondido da madrugada, deve ter resolvido negociar o fumo e a cachaça do Nego d'Água. Senão, era capaz de estarmos agarrados por lá até essas horas, sem lembrar das areias caídas de margens desmatadas, do rio morrendo por culpa de nossos esgotos, garimpos e descuidos.

Os caboclinhos de São Romão rivalizavam com as moças de São Gonçalo, as velhas do batuque e as crianças da cavalhada, mesmo um dia e meio depois do previsto. E o prefeito denunciou o assoreamento do rio, que tanto nos atrasou.

Em São Romão, pegamos ônibus, comemos poeira e noite até São Francisco. Chegamos de balsa, escoltados por lanchas com tochas acesas. No cais, uma multidão nos recebeu e acompanhou pela cidade até o lugar das Folias de Reis, marinheiros fardados, cacete na mão, combatendo o inimigo. Depois, o boi, o lundu, o carneiro e a suça. Praça cheia, povo na rua, banda tocando para encerrar a noite e preparar descanso antes de mais um dia de trabalho.

Novamente embarcados, chegamos a Januária. Do porto ao centro, iluminava-se de tochas todo o trajeto. Na orla, seguimos a pé, precedidos pela trupe do Igam, que nos acompanhou desde Pirapora, com beleza e competência. Pernas-de-pau, cuspidor de fogo, curandeiro, atores surgindo na janela dos antigos sobrados, o povo acompanha, encantado, a estória do rio, nascido das lágrimas de uma formosa índia, sua degradação e morte dramatizada por enorme peixe, afinal ressuscitado a poder de muita reza e promessa.

Em Januária, intenso trabalho, três gerações no singelo e tocante São Gonçalo, o maculelê e a capoeira, a famosa cachaça da terra, as rezadeiras e seus benditos ao cair da tarde seguinte, o rei do cacete, o boi animado com um feroz tamanduá, folclore noite adentro.

Em Bom Jesus da Lapa, a Secretária de Educação chora a decepção da cidade que nos esperou carinhosamente por todo o dia anterior. Trabalhamos do jeito possível, depois da visita ao Santuário, impressionante experiência de fé e religiosidade. De chapéu de palha com fita verde, característico dos romeiros, chegamos fazendo coro: "A igreja da Lapa é feita de pedra e luz...".

Em Paratinga, o antigo Santo Antônio do Urubu de Cima, que inspira belo texto de Guimarães Rosa e é terra de nosso companheiro Carlos Fernando, recepção principesca, incrível café da manhã, apresentação de grupos folclóricos, banda de pífanos, lamentação das almas, roda de samba, missa celebrada por Frei Chico com intensa participação de todos, tudo apagando as agruras da véspera.

De Ibotirama à Barra, outra vez por terra para evitar novos atrasos. É que, depois de muita discussão, outras chatas foram agregadas à barranqueira. Levando agora quase 900 toneladas de grãos, era impossível cumprir o programa rio abaixo. Chegamos a Barra à noite, dormimos todos juntos, em colchões espalhados pelo chão. Brotamos de manhã no cais, recebendo o carinho da cidade. Mas todo mundo queria saber era da barca, que só iria chegar no outro dia, imponente e embandeirada, para nossa alegria e encanto do povo ribeirinho.

O último trecho navegável, que terminava em Juazeiro, foi aguardado com grande expectativa, principalmente a travessia do lago, onde ondas gigantescas se levantavam. Navegaríamos sobre cidades submersas, como Remanso e Pilão Arcado. Na celebração do domingo, seu Bartolomeu falou do cemitério submerso, do desejo de mudá-lo antes da inundação, da opinião dos mais velhos, para quem "os mortos estavam descansando em paz" e não deveriam ser perturbados. Assim, em todas as cidades afundadas, como chamam por lá, os mortos jazem debaixo d'água.

O plano de chegar a Juazeiro pelo rio ficou no sonho. O barco quebrou, viajamos de ônibus a partir de Novo Pilão Arcado.

Juazeiro e Petrolina receberam-nos amorosamente, exibindo cultura, progresso e hospitalidade, mas assombrando com estórias do fim do mundo, o rio inundando tudo.

Em Propriá, perguntaram se FHC ia mesmo vender o rio. Na partida, um velho pescador chorava por não haver mais piaba, estudantes exibiam veementes cartazes contra a privatização.

Finalmente, Penedo, Piaçabuçu, a foz. O Cabeço tomado pelo mar, o rio salinizado, estórias do cemitério invadido, caixões boiando n'água. Na volta, sol se pondo, curimatás saltavam adiante do barco, barbatanas iluminadas. Com voz casual, o piloto falou frase encantada:

— Esse peixe gosta muito de sol.

O visto e vivido dá livro, vídeo, filme, CD; ensaio fotográfico, literário, antropológico ou sociológico; análise econômica, poema, relatório de meio-ambiente, libelo às autoridades constituídas, oração, praga ou blasfêmia.

Das onze cidades visitadas entre Pirapora e Penedo, fica a memória de milhares de rostos e vozes, acordes, foguetes e bandeirinhas, lágrimas e vivas, passos e gingas, gestos e alegorias, denúncias, discursos, pedidos e esperanças.

Agora, difícil mesmo é chegar ao mundo dito real quando ainda se traz no corpo o mareio do rio, nos ouvidos o barulho da água, na alma a lembrança de noites estreladas de sonhos e silêncios.

Bastião

Era de pouca conversa, quase nenhuma. Nada, porém, lhe escapava. Abrir a boca, só em caso de muitíssima precisão. Uma palavra, duas, certeiras, e o vozeirão, estrondosamente raro, se recolhia, demorado, ao mutismo de sempre.

Aquele poderoso silêncio, olhos atentos, jeito contido, tudo nele era demasia. O povo, sem a chave do enigma, passaporte do entendimento, inventava explicação, garantia fortes pactos, altos poderes. Uns esconjuravam, no calado, debaixo do pano. Outros arriscavam palpite, conjecturas. De envultamento, repentino sumiço, transformado em toco, pedra, bicho de pena ou de couro, ramo balançando na brisa. Ou de qualquer tipo de malinesa, conforme ocasião ou necessidade. Mas jurar, de botar a mão no fogo, ah, isso ninguém jurava. O certo é que muita história ficou de Bastião, tanta tenência e raros, roucos dizeres.

Num serão nos Romeiros, admirava-se o capricho de dona Matilde no arranjo do presépio. Latinha de goiabada com arroz brotando virava arrozal na porta do Menino. Por perto, barba-de-pau, pedrinhas brilhosas, ovos de nhambu e de codorna, marchetadinhos; de pomba, arroxeados... Tudo de sempre, simples, sem parecer igual.

Novidade era o ovo: desconforme, gigantesco, como ninguém nunca sonhara imaginar. Botar os olhos, então, núncaras! E, no entanto, ali estava ele, mais incrível do que real.

Bastião, que já perdera uma novilha em aposta com a patroa por causa de um ovo azul que ele jurava ter sido pintado, desta vez botou os dois pés atrás.

E, no rasto do silêncio costumeiro, todos foram se calando, enfeitiçados pelo olhar atento dele no tamanho do ovo.

Quando a curiosidade se fez insuportável, ele abriu a boca pela primeira vez:

— É de quê?

Dona Matilde, entendendo as muitíssimas indagações não pronunciadas, quis responder com fartura:

— É de ema, veio de Goiás...

— O menino da comadre Carmelita foi lá, acharam uma ninhada – completou Lurdinha, animada.

— ...Lembraram de mim, do presépio, calcularam que eu havia de gostar. Agora vê só que consideração, né mesmo? Lembrar da gente naqueles confins de Goiás, bandas de Catalão ou de Inhumas, nem sei direito, já pensou?

Queria explicar muito mais, ele gostava de saber. Mas as palavras foram sumindo, murchas, e se recolheram completamente, atraídas pelo silêncio de Bastião e magnética presença do ovo.

E todos só se lembram de dois olhos se arregalando, exorbitantes, até que o mundo em volta pareceu congelar-se.

Foi quando Bastião abriu a boca pela segunda vez. Numa voz rouca, profunda como nunca, proclamou seu espanto:

— Eta ema!

No alto de um maleiro raramente aberto

Lá, bem no alto, uma bolsa branca salta aos olhos. Retirada do espaço em que se ocultara por mais de doze anos, leva-me ao seminário "Gestão de Recursos Hídricos na Bacia do Rio Paranaíba", realizado em Araguari, de 15 a 19 de junho de 1997.

E ao rio Araguari, na foto em que despenca, lançando espuma branca entre lajedos, antes de escorrer e sumir de vista na paisagem verdejante. Em texto antigo, acompanhei-o até a represa de Nova Ponte e ao lugar engolido pelas águas. Sob o título "Vozes da Cidade Submersa", escrevi então: "Dizem que, de tardinha, quando o vento sopra da represa, podem-se ouvir vozes da cidade submersa – cochichos, risadas, alarido de criança, um triste planger de sino, latidos e cacarejos, barulho de panela na hora da janta. Até um cheiro de tempero você é capaz de sentir. Tem gente que, alta madrugada, jura escutar o canto de algum galo distraído. Mas o Araguari é assim mesmo: rompe-ferro, vai adiante, corta tudo com águas cristalinas, límpido diamante na ponteira. Garantem que, por isso, a luz que ele produz clareia mais.".

O outro lado da pasta exibe a bacia do Paranaíba, curso d'água a que, no mesmo texto antigo, com o título de "Rio Cigano", eu me referi assim: "Este roceiro da Mata da Corda já nasceu cigano: bebe água de Goiás, demarca mineiras divisas, segue procurando o mar. Carrega terras vermelhas em água de muita pesca. Garimpos e comportas são luminosa bagagem, lembrando o 'Estrela do Sul'. São Simão guarda memória de submersa maravilha. Líquido caminho a transportar riqueza, agora transmutado em Paraná e Prata, prossegue entre guarânias e milongas seu nômade destino – até o oceano, que sempre buscou.".

Mas, voltando a junho de 1997, meu irmão Paulo (Paulo Afonso, na família) era Secretário de Recursos Hídricos do Ministério do Meio Ambiente e candidato a deputado federal. O seminário em Araguari começaria na noite do dia 15 de junho, data em que Cláudio, nosso irmão mais velho, ia comemorar 60 anos em Oliveira.

Paulo tinha compromissos de campanha no norte de Minas e deveria abrir o seminário de Araguari, no qual eu animaria uma rodada de casos mineiros.

Dia 14, Paulo tomou um Sêneca em Brasília, rumo a Montes Claros e Grão Mogol. No dia seguinte, partiu direto para Oliveira, já que o plano de voo previa reabastecimento em Uberlândia, no regresso a Brasília. Quatro e meia da tarde, depois da alegre comemoração em família, decolamos da pequena pista, ainda de terra, rumo a Araguari. Além do piloto, de mim e de Paulo, estavam a bordo Sebastião Figueiredo, Diretor do Igam, e Reinaldo Clemente, assessor do projeto "Cidadania pelas Águas", da Secretaria de Recursos Hídricos, inspirado por Demóstenes, também meu irmão.

No céu limpo de junho, a viagem transcorria tranquila. A vinte minutos de Araguari, Paulo telefonou anunciando sua chegada próxima. Ainda bem, pois o sol já ia baixo e o voo era visual. Sebastião dormia a sono solto, eu conversava animadamente com Reinaldo.

Paulo, atento, percebeu o motor falhando e o avião perdendo altura. Pela janela, nenhuma cidade ou campo de pouso. Sem qualquer alteração na voz, Paulo Afonso cochichou: "Confere o cinto, tem algum problema". A quinhentos metros, e poucos segundos, de um extenso maciço de pinus ouviu-se um ruído áspero, seguido de grandes chispas, e algo chicoteando na hélice. O bimotor quicou várias vezes e parou. Saímos correndo, temendo uma explosão.

Estávamos no meio de um terreno plano, onde a soja acabara de ser colhida. Graças à técnica do plantio direto, cujo uso então se iniciava, o solo fora previamente harmonizado e quase nada revolvido. Tampouco havia animal, cupim, formigueiro, restos da palhada, galhos ou ramos, um intocável pequizeiro, algo que ameaçasse o pouco jamais imaginado. Sequer havia por perto um terraço, terra amontoada em nível para reter água da chuva. No final das contas, além de muita sorte e apesar da surpreendente falta de combustível, prevaleceu a perícia do piloto, adquirida nos incontáveis pousos e decolagens em precários campos na Amazônia, junto a garimpos clandestinos.

Afastado o medo de explosão – aliás, impossível, por falta de combustível, procuramos nos situar.

Sem sinal de celular, olhamos a floresta de pinus logo adiante, contra a qual poderíamos ter nos espatifado. Um frio percorreu-me a espinha, um calor reconfortante tomou-me o coração, cheio de agradecimento.

Chovia fino, fazia frio enquanto a noite caía.

— Estamos na fazenda do Fellini. – disse Paulo, com a segurança de quem participou desde o início do Prodecer, o pioneiro Programa de Desenvolvimento do Cerrado, e conhecia cada palmo de terra por ali.

Junto com Reinaldo, saiu em busca de condução. Vendo-os desaparecer no capim molhado, pensei no quanto era felliniana a situação. Atolando no brejo, abrindo caminho no capinzal, chegaram à cabeceira de uma represa e alcançaram a estrada que dava na sede da fazenda.

Para se prevenir contra roubo de tratores e equipamentos, os fazendeiros recorriam a ferozes cães de guarda. E foram eles que receberam os dois caídos do céu, naquela noite escura e fria.

A muito custo, a voz de Paulo se fez ouvir entre o forte ladrar dos animais. E o dono da fazenda o recebeu sem surpresa, pois o corte de energia pela hélice do avião logo espalhara a notícia do acidente.

Quase uma hora de viagem depois, o Secretário de Recursos Hídricos, pés e pernas molhadas, barro e carrapicho na calça, ressuscitava ante o curioso público presente em Araguari.

De dentro do avião, enquanto nos refazíamos do susto e nos protegíamos da chuva, Sebastião e eu vimos chegar um caminhão cheio de gente vinda de um churrasco na fazenda vizinha. Movidos por curiosidade e expectativa, vinham conferir a situação.

Visivelmente decepcionados pela falta de gravidade do acidente, nos deram carona até a fazenda vizinha, de onde telefonamos pedindo um táxi. Na noite já fechada, a família diante da televisão, uma senhora bordava numa toalha, em primoroso ponto cruz, a conhecida oração de São Francisco. O cotidiano fluía manso como eterno regato.

No dia seguinte, ao chegar à escola, um menino anunciou a grande novidade:

— O avião do Paulo Romano caiu lá na fazenda!

— Morreu alguém?

— Morrer, não morreu, não. Mas dois velhos ficaram lá dentro, sem conseguir sair. Só Paulo Romano é que perdeu a mão – concluiu ele, depois de longa pausa.

Na verdade, os dois velhos eram eu e Sebastião Virgílio, vinte e cindo anos atrás. O acidente em que Paulo perdera a mão esquerda tinha sido há mais de treze anos, no trevo de Paracatu, onde seu carro foi abalroado e capotou.

Mas, afinal, que graça tem um avião cair pertinho da casa da gente, cortar a luz da redondeza sem capotar, sem bater em nada, e, ainda por cima, todo mundo sair do acidente sem um arranhão, ao menos? Ainda mais, na fazenda do Fellini.

O que marca, permanece

No Brasil rural da minha geração o rádio era coisa do outro mundo. Funcionava a poder de bateria. Recarregá-la, só em usinas distantes ou em raríssimas fazendas dotadas de eletricidade.

Usado com extrema parcimônia, o rádio trazia, com estática e pavor dos raios, novidades de lugares distantes onde tudo de importante acontecia. Nos intervalos das novelas e programas caipiras, as propagandas. De remédios infalíveis, sabonetes usados por nove em cada dez estrelas do cinema, produtos diversos indispensáveis à vida e ao conforto das pessoas. Muitos, era ver com os olhos e lamber com a testa. Outros vinham pelo reembolso postal, eram encomendados aos viajantes ou adquiridos dos mascates que percorriam o interior do Brasil.

Mesmo antes do rádio, muitas marcas corriam o mundo remansoso de nossas grotas e socavões. Um "Corneta", por exemplo, deixava no chinelo os canivetes saídos de forjas caseiras, grossa lâmina, cabo de chifre. Estes, de tão pesados, requeriam estojo de couro pendurado no cinto, para evitar o desconforto de carregá-los na algibeira.

Sábado à tarde, nas fazendas, era tempo de afiar canivetes. Em pedra própria, geralmente junto à bica d'água, lisa de tanto uso, passava-se o corte cada hora de um lado, em movimentos rápidos e precisos, conferindo com o dedo a finura do gume. No final, molha-se o braço, cortando-se os cabelos. A operação terminava em interjeição tão conhecida como invejada, porque só acessível a uma elite de felizes proprietários desses especialíssimos instrumentos. A expressão era: "Eta roge!", que vinha de "Roger", famosa marca da cutelaria inglesa. Ou então alguém dizia, referindo-se a uma faca: "Aço de primeira, corta feito uma solinge", de "Solingen", símbolo de ótimas navalhas e tesouras.

Num tempo em que tudo era importado, as novidades chegando pelas ondas do rádio asmático, eu acabei formando uma imagem profética. Explico: os anúncios costumavam terminar com a informação: "à venda nas boas casas do ramo". E a gente ia catalogando roupas, variados utensílios, móveis, bicicletas, brinquedos diversos, tudo devidamente exibido nas "boas casas do ramo". E a cada novo produto anunciado, pensava em como uma verdadeira, uma legítima casa do ramo precisava ser grande para caber cada vez mais coisas. Assim, de propaganda em propaganda, de anúncio em anúncio, acabei criando, graças àquilo que o radinho velho de guerra anunciava, o que só décadas mais tarde viria a existir: o moderníssimo shopping center.

Aliás, o avô de um amigo meu, trazido a muque para uma "raspagem nos olhos", que vinha a ser uma cirurgia de catarata, não conseguia achar graça em nada com o que os parentes, carinhosamente, procuravam distraí-lo. Acabrunhado, vista embaçada, tampouco agradou do shopping, lugar que diziam ser a coisa mais bonita do mundo. Mas, ao perceber o barulho de uma fonte, apertou os olhos, fez uma cara boa e exclamou, todo feliz:

— Ói o ôi d'água, gente!

Numa época marcada por "rogers" e "solingens", máquinas "Singer", emulsão de Scott (a do homem com o bacalhau às costas) e linimento de Sloan, Cibalena e Guaraína, goma de mascar e fogos "Adrianino", "magnésia leitosa, gostosa e fiel, magnésia leitosa de Orlando Rangel", muitos casos exemplificam a relação das pessoas com o mundo do comércio, da indústria, da produção. E falam de um tempo em que "comércio" era a cidade, o moderno, a novidade, o progresso.

Seu Nhonhô Silveira, meu primo-avô, impressionado com o edifício Bleriot, de tal modo encantado com seus holofotes varrendo os céus da jovem capital, batizou de Bleriô o cavalo baio mais bonito de sua tropa.

Meu avô comprou duas vacas, Magnólia e Guaraína. De manhãzinha, na hora de chamá-las para o curral, misturou os nomes e chamou "Guaranólia" e "Margarina". Espantadas, quase viraram as primeiras vacas loucas da história. E meu avô, sem querer nem saber, profetizou palavra que só viria a existir muito depois.

Outro fazendeiro, rádio de pilha pendurado na régua do barracão, deliciava-se com matutinas modas de viola enquanto tirava leite. Em homenagem ao patrocinador, assumiu secreto compromisso de prestigiar seu produto. Domingo seguinte, no bar da cidade, pediu uma garrafa de água sanitária Super Globo, coisa que nem sabia o que fosse. Mas bem gelada! O moço tentou explicar, esclarecer. O velho trepou nas tamancas, não admitia desrespeito. Nem demora. Quando, finalmente, pôde provar a sonhada maravilha, fez uma careta, um tremendo muxoxo e exclamou, decepcionado:

— Quá, tanta propaganda e nem por isso...

Cada um de nós guarda, num cantinho da memória, a lembrança de cheiros, gostos, sentimentos associados a objetos, utensílios, roupas, marcas, pessoas que nos levam a tempos, lugares e situações surpreendentes.

Experimente, por exemplo, lembrar-se de uma "primeira vez". Em relação a qualquer coisa, pois não é só do primeiro sutiã que não se esquece. Seria injusto privilégio para as mulheres. Minha primeira Coca-Cola, por exemplo, foi inesquecível. Casualmente, assisti a uma sessão especial de cinema em São João del-Rei, na qual se fez o lançamento do produto, distribuído gratuitamente à ansiosa plateia.

Do freezer (o nome ainda não existia, mas ele estava ali, na entrada) emanava densa névoa. As garrafas, geladinhas, eram disputadas com alvoroço. Incomparável momento para o menino da roça – a temperatura da garrafa, a bebida descendo, geladíssima, garganta abaixo. Depois, a enorme quantidade de gás explodindo pelo nariz e provocando lágrimas. Aquela noite ofereceu-me ainda uma surpresa: ganhei, no sorteio, uma caderneta da Caixa Econômica Federal com o depósito inicial de cinco cruzeiros.

Nessa viagem ao passado, uma última lembrança, uma saudade. Quando trabalhava na Fundação João Pinheiro, então funcionando na esquina da avenida João Pinheiro com Guajajaras, eu costumava aproveitar a hora do café para, na fraterna companhia do Zé Armando de Souza, entrar na farmácia ao lado e, sob o olhar cúmplice dos proprietários, navegar nos cheiros de brilhantina. Numa dessas vezes, José Armando falou da bateria dada ao Haroldo no aniversário, do barulho e da alegria do menino com o presente. Pena que o Zé não tenha esperado para ver o sucesso do filho, famoso como Ferretti, baterista titular. Junto com o Samuel, filho do querido Wolber, e do Lelo, filho da Dulce, reuniu-se ao Henrique Portugal, formando o Skank, esta marca, mineira e universal, de que a gente tanto se orgulha.

Era um domingo de férias

A fazenda parecia um formigueiro. A moçada se espalhava por todo canto em feliz algazarra, bebida e comida à vontade, enquanto o almoço não saía. Um grupo cantava no alpendre, alguns ainda nadavam no açude, uns poucos andavam a cavalo, namorados refugiavam-se pelos cantos.

A manhã já ia alta. Então, a animação foi diminuindo, o pessoal à espera do chamado mágico. Quando anunciaram que o almoço estava tirado, foi como estouro de boiada.

Na cozinha, panelas no rabo do fogão, cada um foi se servindo e se acomodando – uns em volta da grande mesa, outros, de prato na mão, sentados em bancos, cadeiras e tamboretes.

A prosa corria solta. Entre risos e gozações, lembravam pequenos foras, episódios da animada aventura urbanoide na fazenda.

Seu Aristides há muito dividira as terras e ficara morando com a filha Filomena e seu marido, agora que os jovens estavam estudando na cidade. Idoso e doente, vivia na cama. Vivia e penava, sumido num quarto dos fundos.

Não dava mais fé de quase nada. Antigamente, num dia daqueles, estaria rodeado de gente, contando peripécias da vida de tropeiro, longas viagens varando mundo, um tempão longe da família. Econômico e controlado, foi comprando terras, empregou a herança do pai e do sogro, acabou rico.

Ultimamente, quando alguém aparecia para vê-lo no quarto escuro em que se exilara, mal balbuciava uma queixa.

— Ah, tô um traste, não tô valendo mais nada.

Por isso, no burburinho daquele domingo de férias, poucos sabiam de sua presença na casa.

Depois do almoço, cada um foi jiboiar num canto. Era quase um silêncio, só quebrado pelo barulho de pratos e panelas, água correndo na pia, arrumação da cozinha.

Foi aí que veio o grito lá de dentro – agoniado, cheio de medo e susto. Era Filomena, que tinha ido ver o pai.

— Acode, gente! Ai, meu Deus!

— Que que foi, tia?

— O pai! Tá nas últimas. Quem tá aí pra ajudar?

— Eu, tia. A Cristina. E a Fia mais a Ceição, na cozinha.

— Precisa de quê, tia? – indagou Cibele, chegando.

— Uma vela.

— Ondé que tem?

— Na gaveta da mesa grande da cozinha. Achou?

— Aqui, nessa bagunça, não tem nada.

— Na cômoda, então. Anda, gente, tem paciência!

— Que cômoda?

— Do meu quarto!

— Também não tem – responde a moça, minutos depois.

— Ah, gente, demorando assim não adianta, coitado. No escuro, o espírito dele vai ficar vagando, não consegue achar caminho.

Apavorada de imaginar o avô perdido na escuridão, Cristina procura por todo lado. Nada. Se ao menos tivesse pensado no oratório, quem sabe encontrava?

Aflita para ajudar o avô, olha para o fogão, o fogo do almoço ainda aceso. Pega o tição mais bonito, brasa pura, corre até o quarto e entrega à tia.

Filomena não pensa duas vezes: com voz firme, comanda, enquanto o velho fazendeiro não punha os dois pés do outro lado:

— Toma, pai. Segura aqui e reza com fé, que é pra lumiar seu caminho.

O velho, ocupado demais em seu espanto, não ouviu a filha balbuciar "vai em paz".

Pega o tição, admira a beleza do fogo, reconhece o galho de aroeira, e diz, olhos arregalados de surpresa:

— Que coisa esta vida: morrendo e aprendendo.

Um anão morou lá em casa

Quando eu era pequeno, um anão morou na minha casa. Mas isso já é quase o meio da história.

Seu Aparício – o nome completo era Aparício Félix, que a gente logo traduziu para Aparecido Feliz – chegou sem mais nem menos, na jardineira do Sebastião Caetano. O povo assustou com aquele homenzinho de feições de adulto, cabelo preto engomado, botinas de amarrar e bengala, terno, gravata e colete, mesmo em dia de semana, longe da festa do padroeiro. O traje, acho, chamava mais atenção do que os 70 centímetros de altura.

Os passageiros desceram, cada um para um lado, todo mundo foi embora. Ele ficou, sem tratar carregador ou pedir cavalo pra algum destino distante. Pegou a mala de papelão, pequena como convinha, caminhou até a pensão do Vitório. "Deve ter parente longe, banda do Ouro Fino ou Tombador, amanhã toma rumo", imaginaram. Mas no outro dia, e nos muitos seguintes, ele ficou reparando no jeito cuidadoso do Vitório tratar dos passarinhos, interessado no trabalho de dona Iraci no Grupo Escolar. Pouco falava de si – só que era do interior de São Paulo, Ribeirão Preto ou Sorocaba.

— Com certeza está espairecendo de algum desgosto amoroso. – disse alguém mais romântico.

— Será possível? – duvidaram, como se anões fossem imunes aos azares do coração.

No fim, todo mundo descobriu: ele, a bem dizer, vivia de ser anão, sem qualquer plano para o futuro e, mais grave, o dinheiro estava nas últimas.

Ah, uma coisa importante: além de ser anão (o que não era pouco num lugar onde quase nada acontecia), possuía uma gaitinha de boca, onde matava todas as saudades conhecidas – do Matão a Ouro Preto, passando, acho, por Petrópolis. Então, dona Iraci, compadecida da situação de seu quase falido hóspede, organizou no Grupo um "auditório", com números variados, ingressos vendidos ao público, renda rachada entre a Caixa Escolar e seu Aparício, que se apresentaria como atração principal. Tínhamos uma foto do evento, infelizmente destruída no incêndio que consumiu nossa casa, com tudo o que existia dentro, exceto pouquíssimos objetos e o relógio, que se negou a parar, mesmo com a caixa de madeira em chamas.

Já familiarizado no arraial, ele costumava ir lá em casa, bater um papo, beber um café acompanhado ou, com frequência cada vez maior, filar boia. Quando o dinheiro do "auditório" foi minguando, chegou de mala e cuia, bateu barraca pra valer.

A gente morava do lado da matriz. Do alpendre dava pra ver o padre chegando ao altar pra começar a missa. Só então o pessoal interrompia a prosa, a catira ou a fofoca, tudo retomado durante o sermão, chamado "prática". Meu pai, que era dentista, fundia ouro na chama azul do maçarico, obturava dente com amálgama de mercúrio, também chamado azougue, coisas que lhe davam um ar alquímico, quase mágico; que se dizia ateu e comunista, chegando ao cúmulo de se declarar contra a ditadura do Getúlio em plena dita cuja; que, certa madrugada, botou o povo de cabelo em pé com o som de tambores e clarins, supostamente anunciando a passagem da Coluna Prestes; que lia jornais do Rio, comprava sapato e bilhetes de loteria pelo reembolso postal, criava uma jaguatirica na horta, tinha levado manga-ubá pra região e cultivava cajá-manga, ameixa do Japão e até cacau..., exibia agora, em casa, o falado seu Aparício.

Pra gente, menino pequeno, não tinha nada melhor. De noite, nós o acompanhávamos em volta da mesa da sala de jantar, marchando ao toque da sua gaita e seguindo as batidas da bengala no soalho. Um dia, antes de acender o cigarro, pediu-me:

— Você, que é grande, pega o café para mim.

Eu era muito pequeno, mas, naquela manhã, me senti enorme pela primeira vez na vida. Peguei o bule na panela onde o feijão cozinhava e servi seu Aparício, que se tornou, assim e para sempre, o meu anão inesquecível.

Muitos juravam que esta era sua segunda vez no lugar. Na primeira, contavam os mais antigos, ele chegou na calada da noite, sem ser visto. Na manhã seguinte, o povo que viera de todo lado para a festa do padroeiro, se surpreendeu com a enorme fila em frente à casinha amarela ao lado do bar. Antes de entrar, o freguês pagava ao porteiro, esperava sua vez, entrava, olhava para o homenzinho todo bem vestido, botina lustrosa, colete e gravata, quieto numa cadeira de palhinha. Era uma olhada rápida, sorrateira e muda, mas suficiente para cada um sair dizendo uma coisa, as visões nem sempre coincidiam completamente. Isso foi há muitos anos, pouca gente se lembrava, muitos até duvidavam.

Agora, com ele lá em casa, a novidade foi gastando. Meus pais fizeram uma viagem demorada, seu Aparício buscou novos pousos, cada qual mais curto. Às vezes a gente escutava a gaitinha e previa o que logo ia acontecer. Não demorou muito, a indiferença descambou para franca má vontade.

No largo da matriz, do outro lado de nossa casa, viviam sá Rufina, uma mulata espigadinha, e Camilo Turco, um libanês, que de tanto levar passageiros ao porto no seu tílburi, resolveu embarcar também. Dizem que um dia ele perdeu a paciência e andou levantando a mão pra ela, que começou a gritar, pedindo ajuda. Para espanto do bom samaritano que acudiu, ela teria dito:

— Quem dá o pão, dá o ensino. – E, virando-se pro companheiro, liberou. – Bate, sô Camilo!

Quando viu as coisas mal paradas para os lados de seu Aparício, ela disse a meu pai:

— Eu tô botando sentido, vejo o povo desfeiteando esse hominho aí. Por mim, se ele bater na minha porta, eu abro; se pedir de beber, eu dou; de comer, da mesma forma; carecendo de pousada, minha casa é pobre mas tá aberta pra qualquer cristão. – Fez uma cara séria e concluiu, misteriosa. – Nosso Senhor Zucristo, quando andava pro mundo, era também um perengrino que nem ele. Nós não soubemos...

Cão que ladra

Nascida e criada nas redondezas, Célia seguiu o rastro da mãe e da avó. Gostava da vida tranquila na fazenda, o dia a dia marcado pelo giro do sol e pelas batidas do grande relógio da sala, em cujas paredes os mais antigos vigiavam o lento passar do tempo. O mundo distante chegava entre chiados e estática, na voz potente de Heron Domingues, locutor do Repórter Esso.

No curral e no terreiro, o movimento madrugava, sempre com novidade: vaca parindo, ninhada de gato no porão, de cachorro, pato, peru, pinto, marreco e angola. De vez em quando uma perua chocava ovo de marreca, galinha exibia sua envergonhada fileira de patinhos. Na primeira visita ao cupinzeiro, suculento anúncio de chuva, ela se espantava quando os filhotes deixavam o alimento e corriam para o corguinho.

O tempo regia a rotina, rigorosa, antiga e constante. Por isso, qualquer criança sabia ler os sinais da natureza e seus provérbios: neblina na serra, chuva na terra; neblina baixa, sol que racha. Tiãozinho, curioso e especula, perguntou ao avô se aquilo era verdade. O velho Nicanor, ruim de prosa, tirou a graça do neto:

— Bobagem, menino. Tempo de chuva, todo sinal é de chuva.

Tempos depois, enxada cantando no chão seco, o rapazinho apurou o ouvido. Escutou, confirmou, e disse, cheio de esperança:

— Vai chover, pai; sabiá cantou.

Seco feito o avô, o pai ranhetou:

— Sabiá não é Deus. Se ainda fosse o macaco bugio, vá lá.

Na roça, arar, plantar, fazer duas capinas e colher na época certa era sagrado. Cada atividade trazia suas próprias tarefas: compridas varas assoviando no ar, alternadas na batida do feijão; carro de boi cantando bonito, atopetado de milho novo, a lufa-lufa aumentada na apanha do café pedia mutirão na cozinha para alimentar tanta gente. Na moagem de cana, apreciava ver o gemido do engenho, garapa correndo na bica, fumegando nas tachas, melado pingando no cocho, rapadura secando nas formas, jirau coalhado de açúcar ao sol, abelhas zumbindo em volta. Célia treinava, entre cheiros e sabores, a arte da paciência, o tempero e o tempo certo de cada iguaria, o ponto de cada doce.

Matar porco era uma festa, o dia começando no escuro e encompridado até à boca da noite, todo mundo indo dormir de corpo moído, coração alegre de tanta fartura. E aquele ajuntamento de gente, cada pessoa no seu serviço, despotismo de carne, banha, linguiça, torresmo e chouriço, decoada pingando no barrilheiro, esperando a hora de jogar na panela de sabão, tudo comprovando o dito popular: "olho do dono é que engorda o porco".

E sobravam causos sem conta, sempre lembrados e repetidos. Como o da Candinha do Aristides, que aproveitou a passagem do doutor Ari, médico afamado que, no seu jipe valente, varava grotas, atravessava atoleiros e estradas esburacadas para atender o povo naqueles ermos. Aparelhado na experiência, ele perguntou quando ela achava que tinha engravidado, pegado menino, como se usava dizer. Com os olhos brilhando, ela lascou:

— Ah, doutor, foi no dia que nós matemo um porquinho vermeio.

Podia ser também na moagem da cana, na entrada das águas, na colheita do café, no dia em que o carro de boi tombou, qualquer coisa diferente no ramerrão da vida.

Bom também era o dia de fazer biscoito, gamelas e formas para todo lado, as labaredas no forno, brasa e cinza varridas com vassoura de alecrim, perfume anunciando hora de assar. Então, era um variado vai e vem de quitanda, de sal e de doce: quebra-quebra, broa de fubá e pão de queijo, biscoito de polvilho e misturado, cada um colocado em vasilha própria na despensa, tudo tão organizado que se podia achar de olho fechado.

Ao contrário de Cristina, sua irmã mais velha, que se formou normalista e foi trabalhar na cidade, Célia ficou por ali mesmo. Namorou Orestes, primo segundo e companheiro de infância.

Na casinha nova, construída em alegre e animado mutirão, tiveram uma fieira de filhos, logo foi preciso fazer um puxado para a ninhada que crescia sem parar. Célia e Orestes eram caprichosos, gostavam de criação, tinham mão boa para plantar. Formaram um jardim bonito, uma horta de couve com verduras e legumes variados, um pomar com frutas raras, mudas vindas do campo de semente.

Quando as crianças foram crescendo, os mais velhos cuidando dos mais novos, Célia voltou ao trabalho diário na fazenda. Chegava cedo, dava um dedo de prosa, falava das crianças, da saúde delas, das gracinhas dos menores, pequenas novidades que reforçavam mansa rotina e sustentavam boa amizade, quase um parentesco do coração.

De vez em quando, Tininha, a caçula, resfriava, vinha a asma, era um desespero. Sufocada, chiando sem parar, ninguém dormia direito. Depois de muita peleja, a poder de reza, benzeção e simpatia, a menina começou a arribar.

— Mas tá ainda de olho fundo, coitadinha! – relatou Célia na cozinha da fazenda.

Carmita e Aristides, patrão de Célia e padrinhos da menina, combinaram de visitá-la.

Depois da janta, Carmita recolheu a roupa do varal, fechou as janelas, enquanto Aristides tratava dos porcos, fechava os bezerros pequenos, recolhia ferramentas e baixeiros deixados do lado de fora.

Com o sol ainda bem alto, foram caminhando e proseando.

A família esperava de fora, as crianças de banho tomado, aprontadas para receber visita. Quando abriram a cancela, um cachorrinho veio latindo, dentes arreganhados. Assustada, Carmita deu um passo atrás. Célia, aflita, fala alto, para acalmar a patroa:

— Carece ter medo não, comadre. O cachorrinho é capado!

Transitando pela ética

Quando Alberto largou o emprego, a mãe quase morreu.

— Banco do Brasil já era – garantiu ele. – Vou cair de boca no mercado, faturar uma nota preta, você vai ver.

Comprando e vendendo carro usado, alugou um apartamento, saiu de casa.

O projeto de venda por computador rendeu até reportagem, foto grande no jornal, telefonemas de parentes e amigos. Mas não passou disso.

Há tempos vinha apostando no Carnabelô. O bloco fazia bonito na avenida; grana, que é bom, nada. Previa recuperar o investimento nos dois próximos anos, o lucro viria em seguida.

Entre lembranças, trabalhos e planos, Alberto quase esquece do cinema com a colega. O jeito era ir direto, no carro do Léo, sócio e companheiro com quem partilhava amigos, sonhos, dívidas e dúvidas. Fora carro e celular.

Na correria, não reparou na mudança de mão bem à frente. Foi a conta do susto e da batida. Forte, seca, frontal.

Desceu meio zonzo, a moça veio saindo do outro carro, brava e assustada.

— Ainda bem que foi só dano material, né mesmo? – falou ele, tentando acalmá-la.

Ela mal fez um gesto mudo, enquanto desligava o celular.

— Você tem seguro? – perguntou ele.

— Claro. Total. E você?

— Esse carro nem é meu. Só tem seguro obrigatório.

— E aí?

— Você assume a culpa, eu pago a franquia e indenizo alguma bonificação futura que você perder, se for o caso.

A moça fechou a cara, preferiu esperar o pai e o irmão, já a caminho.

Eles chegam, olham os carros, mal ouvem a proposta, que recusam imediatamente:

— Nós não vamos compactuar com isso - diz o pai da moça, taxativo.

— Fiz um acordo assim tempos atrás, o cara sumiu no mundo, fiquei chupando dedo – completou o irmão dela, reforçando a recusa.

— Então a gente faz três orçamentos, eu pago o mais barato – propôs Alberto.

Chegam os guardas, rabiscam esquemas e anotações, marcam data para pegar a ocorrência e partem na viatura.

Os dois envolvidos trocam nomes, endereços e telefones, indicam horários para contato e se despedem.

Dias depois, Alberto vai visitar a mãe, encontra-a chorando. Olhos vermelhos, diz, magoada:

— A gente peleja tanto, cria com todo cuidado, ensina, dá exemplo, pra quê? Pra filho ser chamado de desonesto? Onde foi que você aprendeu isso, Alberto? Me conta, pelo amor de Deus!

— Não tô te entendendo, mãe. Que que houve?

— Seu tio Hermógenes me passou a maior descompostura por causa daquela batida. Os pais da moça, a Simone – não é esse o nome dela? Pois então. Eles são amigos dele, trabalharam juntos. O pai dela foi colega de colégio do seu tio Roberto; a tia Lúcia estudou com a mãe dessa menina...

— E daí?

— O pai dela ligou pro seu tio, a moça estava uma arara. Diz que é um absurdo a sua proposta, ela não entende como é que você, sendo de uma família que eles consideram tanto, pôde fazer uma coisa dessas...

A mãe assoou o nariz, enxugou os olhos, e continuou:

— Você acha que ela vai assumir a culpa, sendo inocente? Isso é lesar o seguro, faltar com a verdade, não é direito... – Entre soluços, implorou. – Pelo amor de Deus, meu filho, não me envergonha não.

— Ah, mãe, também não é assim, eles estão exagerando. Além do mais, não cometi nenhum crime, poxa! – argumenta, chateado.

— Conversa com seu tio, eu não consigo falar mais disso agora não.

Muito se conversou naqueles dias, o tio mediando entre comentários, opiniões, censuras, palpites, justificativas.

Simone apresentou seus dois orçamentos e disse que ia fazer o conserto na autorizada dela. Alberto discordou:

— A minha é garantida, conserta até carro importado. Além disso, é a mais barata.

Instalado o impasse, seguiram-se propostas e contrapropostas, críticas, desconfianças e discussões. A acusação de desonestidade reaparecia, cada hora de um lado. O acordo, cada vez mais difícil, acabou completamente impossível.

Tempos depois, Alberto recebe um telefonema da seguradora. Assume a responsabilidade, negocia, consegue um abatimento considerável, encerra o caso.

Uma noite, os dois jovens encontram-se numa reunião social. Relembram o episódio, agora já distante. Simone, entusiasmada com o curso de psicologia, fala do quanto aprendeu com aquela experiência, sofrida e tensa. Compartilha reflexões quanto à necessidade de padrões éticos, de limites à flexibilidade deles, da emoção que costuma perturbar relacionamentos e decisões.

Recordando o constrangimento passado, especialmente por causa de sua mãe, Alberto se emociona, mal consegue falar.

Simone percebe a situação, esquece antigos ressentimentos e tenta ajudar o oponente de ontem. Demonstrando empatia, diz:

— Afinal, ninguém está livre de cometer algum deslize uma vez ou outra...

Faz uma pausa, toma coragem e confessa:

— Sabe que eu mesma já roubei chicletes num supermercado?

Domingo de missa

— Toma mais um café, comadre. Gostou da rosquinha? Come outra.

— De nata. Gostosa igual às de antigamente.

— É. Vai juntando, aproveita.

— Ah, hoje em dia, tudo é regrado; acabou aquela fartura do nosso tempo.

— Demudou demais; tem hora que a pessoa quase não acredita.

— E pensar na nossa peleja, hein? Tanta dificuldade, aquela falta de recurso...

— Um atraso que dava dó. Médico, só em caso de vida ou morte. Ia a cavalo, cobrava por légua.

— Aproveitava, dava um repasso em todo mundo, entupia as crianças de lombrigueiro, a meninada refugava, tinha que ser a muque.

— Agora, no comum, assim no dia a dia, era tudo a poder de chá, emplasto, benzeção, simpatia... Abaixo de Deus, era a salvação.

— Pois é. Parece que foi ontem, né, comadre? Mas com fé e muita peleja a gente rompeu. Criou família, encaminhou todo mundo, tem neto em lugar que a gente nem imaginava que existia.

— E vocês continuam lá até hoje, nunca animaram mudar pra cidade.

— Eu, por mim, até que vinha. Mas o velho, ocê sabe,

emperreado daquele jeito, não há cristão que tire ele de lá. Então, vou tenteando, distraio com o jardim, a horta de couve, as galinhas, empurro o tempo. No mais, penso na vida, na família, cada um prum lado; agora, ficamos eu mais o velho, sozinhos outra vez. Que nem no princípio.

— É assim mesmo. Família a gente cria é pro mundo. Cada um toma seu rumo, os velhos ficam rezando pra tudo encaminhar direitinho... Uai, comadre, tá rindo de quê?

— Nada não, bobagem à toa.

— Não acredito que vai fazer segredo pra mim.

— Uma noite dessas, no serão, eu mais o velho quentando fogo, aquela labareda alta, a sombra dele ia e vinha, balangando na parede, parecia um cinema. Precisava ver que boniteza. E eu lá, olhando pra ele, reparando o brilho das labaredas na cara dele, no cabelo... Oh, ocê não vai caçoar de mim não, hein?

— E por que é que eu havia, comadre? Conta logo!

— Aí, me passou pela cabeça a nossa vida inteira: as pelejas todas, criação de filho, a lida pesada, a vida dura, mas sempre na esperança de progredir. Sem falar na paciência pra tolerar o jeito de cada um. Quantos quilos de sal a gente não deve ter comido junto, já pensou?

— É de veras, comadre. Viver junto tanto tempo não é brincadeira.

— Pois é. Mas eu fiquei olhando pra ele, pensando na gente desde a mocidade, o homem bom que ele é – honesto, trabalhador, amoroso. De repente, foi me dando uma alegria por dentro, um calor gostoso foi subindo, uma coisa gostosa que ocê nem imagina. Mesmo passando dos oitenta, parecendo maracujá maduro, um peru cheio de barbela, eu olhei pra ele emocionada e pensei: "Gente, como esse meu velho é um homem bonito!".

— Amor não tem idade, comadre. A gente, gostando da pessoa, ela fica sempre bonita, mesmo velha e enrugada.

— Ah, comadre, mas isso é de noite, dia de semana, a gente sozinho, quentando fogo na cozinha da fazenda. Aqui na cidade, domingo de missa, a igreja atopetada de gente que nem hoje, coitado do meu velho, ele quase não realça...

Catiras, negócios e negaças

Catira, aqui, não é a dança em que homens e mulheres, enfileirados, sapateiam e batem palma. Também conhecida como cateretê, é tradição que sobrevive em muitas regiões de Minas, para alegria dos ruidosos sapateadores e suas animadas plateias.

Pelas minhas bandas, catira é pequeno negócio, compra aqui, vende ali, com apertado lucro. O mais comum é a barganha, com uma voltinha para enfrentar as precisões do dia a dia, botar comida em casa, acudir uma emergência na farmácia. Muita gente sustenta família, cria filho, catirando a vida inteira. Alguns, olho vivo e boa prosa, montam pequeno negócio, formam um capitalzinho, vão aprumando até se tornarem empresários, fazendeiros, empreendedores de diversos naipes.

Seu João Américo, querido amigo da família e compadre de meus pais, era mestre nisso. No auge da seca, o gado mostrando as costelas enquanto rapava o capim vasqueiro, ele comprava bezerros na bacia das almas. Queimava o campo, de olho no céu, e mantinha a bezerrada em pé à custa de restolhos que sobravam no paiol, alguma cana, tudo o que houvesse de trato até a entrada das águas. Então, com a abençoada brota do capim, os bezerros aprumavam, alisavam o pelo, ganhavam peso e valor.

Meu pai, que acompanhava com interesse os negócios do amigo, um dia perguntou pelos bezerros. Desafiando os preceitos da neurolinguística, ciência então desconhecida, ele respondeu:

— Ah, compadre, tô com muito medo de ganhar um dinheirinho bem bom naquela garrotada.

Alguns, ladinos demais, esquecem que a esperteza, quando é muita, engole o dono. É o caso do português que começou tirando leite, transportado em dois latões e vendidos na rua, de porta em porta. Controlado e trabalhador, seu Joaquim labutava de sol a sol, de olho nas oportunidades. Fez economias, melhorou pasto e rebanho, aumentou a produção, agora transportada numa charrete. Nas idas e vindas, descobriu um terreno na entrada da cidade, onde construiu pequenas casas para alugar.

Foi quando a ambição lhe subiu à cabeça e ele resolveu acelerar o processo, batizando o leite. Alguns fregueses reclamaram, mas ele explicou que eram as vacas de bezerro novo, mais o tempo das águas. As queixas logo pararam. Mas ele, não. Com o dinheiro do leite aguado, comprou um pedaço de vargem, terreno mais barato por causa das enchentes do Pomba. De olho no povo que chegava da roça, construiu ali um conjunto de casas populares. Mas a alegria só durou até que uma grande cheia levou os barracos construídos à margem do rio. Ante os prejuízos, seu Joaquim filosofou:

— O que era do leite, ficou; o que era da água, a água levou.

Teodoro Lamounier, querido e saudoso amigo, além de competente administrador público, tinha refinado olhar para as coisas do interior. Perto de Itapecerica, antiga São Bento do Tamanduá, um comprador correu as vistas no gado reunido no curral e caminhou para uma vaca meio sangue, porte imponente, cabeça levantada, anca larga, pelagem lisa, chita de vermelho.

— Gostou da Dinamarca, né? – indagou o fazendeiro.

— É a mais bonita.

— É, de vera... Mas a Dinamarca está fora do negócio.

— Dinamarca? – indagou o visitante. – Gostei também do nome.

— É bonito mesmo, combina com a dona.

— Mas, por que não entra no negócio, se é a cabeceira, a melhor de todas?

— Primeiro, porque é da patroa, de toda estimação. Segundo, tem um peito perdido.

— Mas deve ser ótima parideira; então, um peito a menos não faz diferença.

O comprador pelejou, recusou todos os argumentos do fazendeiro, mas não adiantou. Podia escolher qualquer vaca do curral, menos a Dinamarca.

Todo chué, selecionou meia dúzia de cabeças, nem teve gosto de pechinchar, que é o que estica e dá graça ao negócio.

Antes de ir embora, tomando um café acompanhado no alpendre, ficou um tempão olhando as vacas no curral. Firmou as vistas na mais bonita, a chita de vermelho, respirou fundo e exclamou, enquanto suspirava - fundo, doído, decepcionado:

— Di-na-mar-ca!

Outro amigo meu, vitorioso advogado, resolveu comprar um sítio, com a desculpa de que os filhos precisavam ter contato com a natureza. A primeira providência foi comprar um cavalo. No outro fim de semana, apareceu um vizinho com vistoso animal, arreado para dia de festa: sela gaúcha, pelego vermelho, peitoral e rabicho, cabeçada de sola branca, um luxo. Contrariando as leis da boa catira, em cinco minutos o cavalo estava comprado, com arreata e tudo. Fechado o negócio, o catireiro deu pressa de ir embora, nem um cafezinho ele esperou.

Dia seguinte, meu amigo montou no cavalo, bateu para a casa do vizinho. O homem recebeu o doutor meio ressabiado, convidou para apear, para entrar, ele não quis.

Montado mesmo, foi mandando bala: estava muito decepcionado, muito chateado; onde já se viu uma coisa daquelas? Rodando o cigarrinho na boca, cara de bobo, o sitiante perguntou, com ar de ofendido:

— Mas o que eu fiz, meu Deus?

— Confiei na sua honestidade, acabei comprando um cavalo com defeito.

Com cara de espanto, o outro indagou, encarreirado:

— Defeito? Que defeito? O cavalo empaca? Dá pinote? Corcoveia? Tem o lombo selado? É náfego? Tem nica na orelha? Derrubou alguém?

— Até parece que o senhor não sabe que o cavalo é cego de um olho.

Horrorizado, o antigo dono recriminou:

— Ah, mas que tristeza o senhor falar uma coisa dessas. Desde quando cegueira é defeito? Cegueira é fatalidade, doutor!

Além dos catireiros, havia os arreeiros, com sua tropa e variada carga, acomodada em grandes bruacas. Faziam peão em uma fazenda, onde, durante dois, três dias, atendiam a vizinhança com selas, arreios, chicotes, belas cabeçadas, capoteiras, peitorais e rabichos, tudo para enfeitar os animais dos fazendeiros e suas famílias, numa época em que as pessoas impressionavam pelo modo como arreavam e exibiam seus animais.

O neto de seu Pedro Arreeiro, que vinha de Prados, Dores de Campos, atualizou-se e mudou de ramo. Numa valente Belina, percorre estradas de terra da região vendendo enxovais, botinas e sandálias havaianas, a mercadoria de maior saída.

Também os mascates rodavam pelo interior, com seu baú cheio de novidades: ponto russo e sinhaninha, trancelins e água de cheiro, forro de mesa e pano de prato. Jorge Turco, nos Romeiros, perguntava, de mão na porteira::

— Bode entra?

Com gostosa risada, Geraldo Vieira respondia:

— Ocê entra, Jorge. O bode fica de fora.

Outro mascate da região era Gabriel. Um dia, bateu palma à porta da fazenda, esperou alguém atender. Era volta do dia, os homens estavam fora, trabalhando. A mulher do fazendeiro abriu uma fresta na porta da sala, olhou desconfiada. Quando ela abriu um pouquinho mais, ele perguntou:

— Tá me conhecendo não, dona Maria?

— Conhecendo eu tô; só não tô muito certa.

— Sou o Gabriel...

Ela firmou as vistas, reparou bem e comentou, surpresa:

— Sô Gabriel Mascate? E o senhor ainda mascateia?

— Masco, sim, senhora! – respondeu ele, com toda firmeza.

Este livro foi impresso pela Help Book,
em papel Cartão Triplex 250g/m² para a capa
e papel Pólen Soft 80g/m² para o miolo,
usando tipo Candara, em Araruama, RJ,
em maio de 2022, ano em que a
Bienal Mineira do Livro homenageia
Olavo Romano, Editor Sênior da Caravana.